U0504958

顾　问＼王世华　洪永平

主　编＼潘小平

副主编＼陈　瑞　毛新红

总策划＼金久余

策　划＼潘振球　程景梁

项丽敏　著

始知身是太平人

SHIZHI SHENSHI TAIPINGREN

全　国　百　佳　图　书　出　版　单　位

时代出版传媒股份有限公司

安徽人民出版社

图书在版编目（CIP）数据

始知身是太平人 / 项丽敏著 . — 合肥：安徽人民出版社，
2018.6（乡愁徽州 / 潘小平主编）

ISBN 978-7-212-09958-9

Ⅰ.①始… Ⅱ.①项… Ⅲ.①散文集—中国—当代
Ⅳ.① I267

中国版本图书馆 CIP 数据核字 (2017) 第 304010 号

潘小平　主编

始知身是太平人

项丽敏　著

选题策划：胡正义　丁怀超　刘　哲　白　明
出 版 人：徐　敏　　出版统筹：徐佩和　　责任印制：董　亮
责任编辑：李　莉　孔　健　　　　　　　　装帧设计：宋文岚

出版发行：时代出版传媒股份有限公司 http://www.press-mart.com
　　　　　安徽人民出版社 http://www.ahpeople.com
地　　址：合肥市政务文化新区翡翠路 1118 号出版传媒广场八楼
邮　　编：230071
电　　话：0551-63533258　0551-63533259（传真）
印　　刷：安徽新华印刷股份有限公司

开本：880mm×1230mm　1/32　印张：8.5　字数：160 千
版次：2018 年 6 月第 1 版　　2018 年 6 月第 1 次印刷

ISBN　978-7-212-09958-9　　　　　　　定价：39.00 元

乡愁深处是徽州

潘小平

家庭是中国人的宗教，乡愁是中国人的美学。

每一个伟大民族，对世界文学都有着自己独特的贡献：俄罗斯因幅员辽阔，横跨欧亚大陆，为世界文学贡献了巨大的贵族式悲悯和波澜壮阔的美感；法国文学因是摧枯拉朽的法国大革命催生的产物，充满了大革命的激情和憧憬，从而形成了浪漫主义的文学品格；十八世纪至二十一世纪，批判现实主义作为英国小说的优秀传统，一直是主导英国小说创作的主流；而中华民族对于世界文学的独特贡献，则可用"乡愁"二字来概括。"乡愁"更是一种文化、一种传统。

什么是"乡愁"？"乡愁"就是故乡的土、故乡的人、故乡的老屋和老树，是儿时傍晚母亲的呼唤，是海外游子对家乡一粥一饭、一草一木的眷恋，是诗人李白"举头望明月，低头思故乡"的怅然。中华文明绵延数千年，发展出了独特的价值体系和审美体系。李白的"举头望明月，低头思故乡"，崔颢的"日暮乡关何处是，烟波江上使人愁"，王安石的"春风又绿江南岸，明月何时照我还"，李益的"不知何处吹芦管，一夜征人尽望乡"，岑参的"故园东望路漫漫，双袖龙钟泪不干。马上相逢无纸笔，凭君传语报平安"，等等，不仅表达了悠悠不尽的思乡之情和漂泊之感，更表达了一种笼罩于具体思绪之上的对"故乡故土"的思念。因此中国人的"乡愁"，不单是对自己生活过的具体的故乡、故土、故人、故物的不舍，也是对整个中国历史、整个文化传统的感念，是浓缩了的"故国时空"，是审美化的民族情感。它不仅是地理的，还是历史的；既是个人的，也是民族的；既是情感的，也是审美的；既是具体的思念和愁绪，也是一种无形的氛围或气息，氤氲缭绕，久久不散。它可以是屈原时代的汨罗江、抗战时期的嘉陵江，也可以是苏东坡的长江；可以是杜甫的江南、李白的江南，也可以是郁达夫的江南。这就是所谓的"文化乡愁"，代表了中国人的一种历史归宿感和文化归属感。

表达和抒发"文化乡愁"，是我们组织编撰这套丛书的初衷，也是它的精神指向和情感指向。

相对于今天的人们来说，徽州是一个古老的地理概念，它包括绩溪、歙县、休宁、黟县、祁门和今天已经划归江西的婺源，以及在一定历史时期同属于徽州民俗单元的旌德和太平。进入皖南山地之后，峰峦如波涛般涌来，能够感到纯粹意义的地理给人带来的震撼。从地理环境上看，徽州自古以来就是一个独立的单元。早在南宋淳熙《新安志》的时代，徽州就有"山限壤隔，民不染他俗"的说法。所谓"山限壤隔",是说徽州的"一府六邑"
处于万山环绕之中,是一个具有相对独立性的地域社会;所谓"民
不染他俗",是指在一个相对封闭的地理环境中,徽州逐渐形成
自己独特的风俗和民情,成为一个独立的民俗单元。从唐代大历
四年(769年)开始,到明清之际,徽州的辖区面积一直都比较
固定。据道光《徽州府志》卷一《舆地志》记载,清代徽州府东
西长三百九十里,南北长二百二十里,如果采用现代计量单位,
总面积为12548平方千米。

山高水激,是徽州山水的特点,因此进入徽州,桥梁会不断
地呈现。那都是一些老桥,坐落在徽州的风景中,画一般静默。
不知为什么,徽州的老桥,总给人一种地老天荒的美感。常常是
车子在行驶之中,路两边的风景一掠而过。蓝天、白云,树木、
瓦舍,在山区的阳光下,水洗一般的清澈。突然,一座桥梁出现
了,先是远远的,彩虹一样地悬挂,等到近一些了,才能看清它
那苍老而优美的跨越。这时会有一些并不宽阔的溪流,在车窗外
潺潺流淌,远处有农人在歇息、牛在吃草。

不知道那是一条什么河,也不知道它最终流向哪里去,在徽
州,这样叫不上名字的河流溪水遍地流淌,数不胜数。"深潭与
浅滩,万转出新安",所以人在徽州,最能感到山水萦绕的美好。
在徽州的低山丘陵间,新安江谷地由东向西绵延伸展,它包括歙
县、休宁和绩溪的各一部分,面积超过一百平方千米。这就是我
们平常所说的休屯盆地,在徽州,它甚至可以称得上是一望平畴

了。这里土层深厚，阡陌纵横，鸡犬相闻，缭绕着久久不散的炊烟。迁入徽州的许多大家望族，都居住在这一带，一村一姓，世代相延。有时翻过一道山岭，或是进入一条溪谷，会突然发现其间烟火万家，那便是新安大姓聚族而居的村落了。在徽州，聚族而居是一种普遍的风俗。因此徽州的村落大多屋宇错落，街贯巷连，醒目的粉墙黛瓦，富有鲜明的皖南民居特色。徽州的街巷，也多是青石铺成，路两边的沟渠里，长年流水淙淙。徽州老屋，是中国大地最具辨识度的建筑，"有堂皆设井，无宅不雕花"，是对徽州民居的最准确的形容。"堂"指阶前，"井"指天井，徽州建筑所谓的"四水归堂"，是指将住宅屋面的雨水集于天井之中。徽州民居的各个部分，主要是门楼、门罩、梁架、窗棂、栏杆等处，都饰以各类雕刻，"徽州三雕"艺术，就集中体现在这些地方。

在徽州的村落里，耸然高出民居的最雄伟宏丽的建筑，是祠堂。祠堂是全宗族或是宗族的某一部分成员共同拥有的建筑，具有重要的社会意义。名宗右族，往往建有几座甚至几十座祠堂，祠堂连云，远近相望，是徽州一个重要而独特的现象。而牌坊是与民居、祠堂并存的古建筑，共同构成徽州独具一格的人文景观。"七山一水一分田，一分道路加庄园"的自然环境，造成了徽州人深刻的危机意识，为了生存，人们蜂拥而出，求食于四方。徽谚所谓"前世不修，生在徽州，十三四岁，往外一丢"，由此形成了一支强大的商业力量，史称徽商。徽商的经营范围，以盐、典、茶、木为主，而徽商中的巨商大贾，大多是盐商。明代万历年间，徽商逐渐取得了盐业专卖的世袭特权，他们大都宅居于长江、运河交汇处的扬州一带。明清之际，江浙共有大盐商三十五名，其中二十八名是徽商。几百年来，徽商的足迹无所不至，遍及天涯海角，在东南社会变迁中扮演着重要的角色，以至于在江南一带，有"无徽不成镇"的说法。

今天看来，徽商重大的历史贡献，在于它以雄厚的财力物力，滋育出了灿烂的徽州文化。从广义的文化范畴来看，徽州地区在徽商鼎盛的那一历史阶段，一切文化领域里的成就，都达到了当时我国、有些甚至是当时世界的先进水平。比如徽州教育、徽州刻书、徽派朴学、新安理学、徽派建筑、徽州园林、新安画派、徽派篆刻、新安医学、徽派版画、徽州三雕、徽州水口等。而这一时期，徽州的自然科学、数学、谱牒学、方志学，也都有了很大的发展，并且富有特色。徽剧和徽州菜系的诞育与形成，更是与徽商奢侈的生活方式有关，所以梁启超才在他的《清代学术概论》中，把以徽商为主体的两淮盐商对乾嘉时期学术的贡献，与南欧巨室豪贾对欧洲文艺复兴的贡献相提并论。清末民初，安徽涌现出那么多的思想家和精神领袖，是明清两代经济文化积累的结果，流风所至，一直影响到"五四"前后。

而今天，这一切还存在于大地，在新安江沿岸，至今还留有一些水埠头，比如渔亭、溪口和临溪，比如五城、渔梁和深渡……而古老的新安江也一如既往，日夜奔流，两岸的老街、老屋、老桥，祠堂、牌坊、书院，在太阳下静静站立，被时光淬过的木雕、石雕和砖雕，发出金属般久远的光芒。而绵长如岁月一般的思绪，在作家们的笔下缭绕，给你带来人生的暖意和无边的惆怅。

徽州还好吗？老屋还在吗？曾经的徽杭古驿道，还有行旅吗？

乡愁深处是徽州，徽州深处是故乡。

2017 年 12 月 1 日

于匡南

目 录

登高望太平

新写的书需要一张太平城区全景图，问本地一位爱好摄影的朋友，去哪里可以拍到。朋友说，去雾山呀，雾山有个摄影点，去那拍最好。

这位朋友知道我是路盲，怕我找不到去雾山的路径，拿过一张纸，刷刷两笔，画了张简单的地形图给我。

接过地形图看了两遍，有些迷惑："这是雾山？"

"是雾山。"朋友答。

"可这图上标注的建筑不是在梦山附近吗？"

"你说得没错，"朋友解释道："这山有两个名字，梦山是它的俗称。"

原来如此。

住在太平城区的人，在天气晴朗的日子里走在街上，只要抬头

※黄山立马峰摩崖石刻

就能看见两座山——面朝南时是黄山，面朝北时是梦山。两座山的脉络都很清晰，只不过视觉上黄山略远一些，而梦山近在咫尺。

对黄山，太平人的情感有些复杂的，既爱又怨。黄山好比一个家里成了大器的孩子，家人为之感到骄傲的同时，也渐渐感到与之不可避免的疏离。而梦山呢，像是这个家里很平凡的孩子，没什么过人之处，但他能完整地属于这个家、看顾这个家。

二十世纪的七十年代，住在城区的居民还是以柴火、松毛须为燃料的，这些燃料就来自梦山。到周末，几乎每户人家都有人拿着竹耙、夹着麻袋或麻绳上了山。孩子们也跟着上了山，在密密的林子里钻来钻去，采山楂、采猕猴桃、采板栗和各种好吃又说不出名字的野果，没多一会儿就把小肚子给撑圆了。

对那时生活在县城里的孩子们来说，梦山就是他们的花果山和乐园，随时都可以爬上去撒一回欢。学校里有郊游活动也是带孩子们去这山头，没有谁觉得这是需要担风险的事。有什么关系呢，大自然是孩子最好的学堂，让他们像小兽一样在山上跑吧，摔几个跟头弄破了皮肉也没关系，"一跌三长"，在摔摔打打中孩子才会长得更结实。

我表哥就曾在梦山狠狠地摔过一次，那次他也是玩疯了，竟然爬到半山腰一棵枫树顶上，兴奋地对着树下的孩子大叫："看到婆

※ 太平城区全景图

溪河了，看到老街的巽峰塔和六角楼了，还有我们甘棠小学的操场，清楚得不得了……"话还没说完就听见"咯嘣"一声，树枝踩断，表哥像一只硕大的果子掉落下来。

很多年后，表哥说到这事是有些后怕的，又忍不住得意，说那么高的树，自己掉下来竟然一点儿事也没有——地上全是厚厚的枯叶，软垫子一样，落在上面还很舒服地弹了两下。

我小时候生活在乡间，离县城有八十里路，对梦山没有县城里长大的孩子那么熟悉，听人说起梦山的种种也是移居到县城以后的事。

与我住在同一个小区、同一栋楼的沈老就经常说到梦山，清晨和黄昏还要向梦山行几分钟的注目礼。他说梦山是太平的晴雨表，想知道天气如何，只需看看梦山就知道了。

"梦山起雾啦，快收衣服，一会儿就要变天了。"

"梦山的山头看不见了，出门要带伞，等会要下大雨。"

沈老的预报总是很准，每次他这样说过之后，我就赶紧收回晒在阳台的衣物，不多一会儿，雨便如期而至。

沈老对梦山的注目不止是为了观气象，还有对生命归宿的观望。

"这几天身体不调和，看样子快要去梦山做梦喽。"隔不了几天，沈老就会和老伴念叨这句话。老伴听惯了这句话，也不理他，照样做着手边的家务活。

沈老这句话念叨了十多年了——从七十岁的时候就开始念叨。也是那年，他在梦山为自己和老伴选好了墓地。自那以后，他生命的触角与根须就已提前长进梦山。

我也经常对梦山行以注目礼。

只要不下雨，黄昏之后天将黑时，我会在城区北边的环城路上快步行走，这是我近几年的锻炼方式。我步行的那条路可以清晰地看见梦山，从山顶到山下一览无余。我无数次看着太阳从梦山的山顶落下，看炊烟从山下的村庄升起。当整座山在暮霭中渐渐模糊，如一滴浓墨融入夜色时，我便放缓步行的速度，沿着路灯的光亮回到城区居所。

我居住在城区也有十年了，爬过周边很多的山和峡谷，也踏过一些古道，却始终没有打破与梦山一步之遥的距离，也许就是因为离得太近了，随时可以去，就漫不经心地拖延着、耽搁着，迟迟没有动身。

当朋友给出去"雾山"拍摄全景的建议时，我没有再拖延，第二天赶早出了门，手里拿着相机，向梦山的方向走去。

不过半个小时就走到梦山脚下，在一片平缓的坡地上停住脚步。

坡地上有一个丫字形的岔路口，有几户人家、菜园和墓地，还有两只土黄色的田园犬。田园犬看见路上突然冒出个不速之客，很警惕地吠叫起来，作势准备冲过来时，被一位身着旧军装的大叔喝止。

大叔看我提着相机在岔路口犹豫不决的样子，便上前给我指路："往左边走，有一座牌坊门，进去就可以上山。"

大叔说他是这个山上的护林员："经常有人到这山上来拍照，也有外地游客来山上玩，让我给他们带路。"

依着大叔指点的方向往左走，果然没多远就看见一座四柱冲天的牌坊门，门楣正中的大理石上雕刻着"雾山"两个大字。

护林员大叔也跟着走过来，主动说起山名的来历："这山以前叫梦山，是老街梦家祠堂的宗产，后来梦姓家族衰落，山场换了主人，名字也就改掉了。"

走到山上，才发现有很多条山道，随意走上一条，绕了一大圈后，又与另一条山道汇合了。山道较宽，可容两三人并行，两边是幽暗的树林，矮的是灌木，高的是松树。松树上结了很多松果，地上落得更多，到处都是，小小的塔形，稚拙可爱。

顺着山道再往上走，耳边听到淙淙流水和鸟鸣声，如二声部的合唱，循环不绝。此时还是正月末尾，路边的野草还没有返青，灌木也才刚刚冒出肉红与浅褐的嫩芽，野花倒是开了不少，黄檫、山樱、野梅，这里一树，那里一树，花色嫩艳，为早春寂寞的山林抹上了几笔妩媚。

走了一里多地，突然就听到钟声，像是从寺庙里传来，悠长，清远，顷刻之间心就沉静下来。

山上并没有寺庙——听说以前曾有过一座庵堂，有一老一小两个尼姑住在里面，自己种菜种粮。后来老尼姑圆寂，小尼姑一个人太孤单，就下山还了俗，没人看管的庵堂很快也就颓塌了。

钟声是从山下的小城传来的，城区正街有座钟楼，每隔半个时辰便会自动鸣响：当，当，当……在市声喧闹的山下很难听见这钟声，除非离钟楼很近，而到了山上钟声就变得清晰起来，有一种"万籁此都寂，但余钟磬音"的明净。

行至半山腰一片开阔地里停下，太阳在东边已升起很高，山下的小城依旧笼在淡白的雾中，仿佛一个贪睡的人沉溺在缥缈的梦境不肯醒来。

比起清晰的景象，我更喜欢眼前薄雾轻笼影影绰绰的视感。远处的黄山如一面屏障，又如一朵端然盛开的芙蕖。芙蕖两侧，一层层的山峦似被风吹出许多皱褶的涟漪。涟漪散开又围拢、拥簇着一颗玉白色的珠子，这珠子就是太平。

把太平比作玉珠是不过分的。在中国的版图上，很少有像太平这样得天独厚的地方——南依五百里黄山，北靠陵阳和九华，此外还有无数植被茂密的丘陵纵横其中，给生息在这里的人们带来纯净的空气、丰饶的水系和物产。

太平境内的河流都有很好听的名字，名字里又大多有个溪字，香溪、清溪、秧溪、舒溪、浦溪、富溪、高溪（麻川河）、佘溪、洙溪、浮溪、阮溪……把这些名字缓慢念一遍，心里便如同清水洗过一般澄澈。这些河流，除了黄山南坡的浮溪和阮溪往新安江而去，其余均在太平湖相聚、汇合，手携手奔往青弋江，再赴长江。

太平湖就在梦山的另一边。翻过梦山的山顶，向北望，就能看见太平湖的一角湖湾。

如果说黄山和梦山是太平的儿子，那么太平湖就是太平的女儿，清秀温婉、宁静又神秘的女儿。

和黄山、梦山这些兄长们比起来，太平湖显然是太年轻了——从开始在下游泾县建筑陈村大坝，进而蓄水成为一座国家水利风景区的湖泊，到现在不过半个世纪的时间。

半个世纪对山川而言只是一瞬，对人却可以是白云苍狗的一生。半个世纪的岁月足够把一个人的灵魂和面目重塑，你很难再从他脸上看到旧日的模样，只能模模糊糊捕捉到一些过去的痕迹。

对一座城镇也是如此，半个世纪足以把一个人的故乡变成不敢相认的他乡。

我大舅就是半个多世纪前离开太平的人。大舅离开前，太平的县府还在仙源，当他白发苍苍回到老家，去仙源寻找旧友和当年最喜欢的馆子店时，才知旧友已经离世，馆子店也不在那里了。

所幸仙源的石板街还在，大舅在石板街上缓慢地走了两个来回，张望着两边新筑的楼房，在记忆里努力还原它们旧时的风貌，指点着告诉我，这里过去是一个剃头店，那里过去是一个绸布庄，隔壁是针匠店、照相馆，再隔壁是周记油纸伞店，对面是恒丰糕饼坊、卤食店、馆子店……

大舅说他小时候最馋仙源馆子店里的饺饵，一闻到饺饵的味道就走不动路。仙源街的馆子店有几十家，北往南来的人走到这里都是要下馆子的，吃上一碗三鲜馅的饺饵、两个大肉包子，或者一碗阳春面。大舅下馆子店的时候通常是买一碗饺饵，再买一根油条，吃完了饺饵，把油条扯成一截一截，泡在饺饵汤里，边吃油条边喝汤，味道那个鲜啊……

大舅说到这里时下巴的白胡子颤动了两下，仿佛那鲜美的汤汁又溢满他的口腔。

一个离开故乡很久的人，从踏上故乡土地的那一刻，味蕾沉睡的记忆就被唤醒，会深深地想念起儿时吃过的食物。我把大舅领到现在的县府所在地——甘棠，我知道甘棠有几家面馆是从仙源搬过去的，在那里或许有大舅说的饺饵。

在甘棠的面馆里大舅一眼就看到饺饵，已经包好的，拢在案板上——其实就是小馄饨。

很快，一碗撒了葱花热气袅袅的小馄饨端上来了，大舅用嘴吹了吹热气，又用汤勺搅动了几下，叹道，这汤里没搁猪油渣子啊？

我说现在人很少吃猪油，也就没有猪油渣子了。

大舅显出失望的样子，那碗饺饵只吃了一半，象征性地喝了两口汤。

离开面馆，挽着大舅在甘棠正街上逛了一会儿。大舅没有再说话，脸上是迷惘的表情，仿佛来到一个从没有到过的地方。

对大舅来说，这里确实是他没有到过的。大舅离开太平时，甘棠只有一条始建于宋朝的老街，马头墙的徽派房屋沿街而筑，河流与青石板路时而交错、时而并行。人们在此聚族而居，种菜打粮，开店做生意，过着老子所言"甘其食，美其服，安其居，乐其俗"的生活。

太平的巨变是从 1960 年开始的。

这一年，因建陈村水库而筑起拦河大坝，太平辖区内将近一半的地域被划入低于大坝水位的淹没区，需要搬迁，其中就包括有一千多年历史的古城仙源。

自唐天宝四年（745 年）设立太平县，县城就落在了仙源。这里是离黄山轩辕峰最近的山谷小城，《太平县志》称赞仙源"依碧云，揖黄山，麻川、富水汇为丽泽，山明水秀，天资妖娆"。

一千多年来，太平县的行政归属是反复变动的，在宣州、宁国、徽州、池州四府之间辗转，无论归属哪一个州府管辖，县城所在地从没有变更过，仙源始终是太平的政治、文化和商贸的中心。

一个城市的命运终究是捆绑在时代车轮上的，这车轮决定要去往哪个方向时，没有什么力量能够阻挡——除非有意外发生。

新县城的选址并不远，就在仙源的西边，离仙源十八里地的甘棠。

甘棠处于太平的中心，是四面环山的冲积盆地，地面平坦，水源丰沛，在"出门三步即是山"的太平，新县城的选址也就非此地莫属了。

当省里的搬迁令下达后，尽管世世代代居住在仙源的人们百般不情愿，县委、医院、学校这些重要机构还是陆续开始搬迁。

我的姨父姨妈就是随着新县城的搬迁离开仙源去往甘棠的。

姨妈说那时也没有汽车，搬家完全靠步行。把东西放在板车上拉着走——这已算是好的了；还有好多人家就靠肩扛手提，一家老小像蚂蚁那样排着队，在黄泥巴的土路上来回走七八天才把家搬好。刚到甘棠的时候也没地方住，就挤在老街的大祠堂里，十几户人家挤在一起，夜里出去小解，回来的时候经常找不到自己家的住处。

富有戏剧性的是，三年后，陈村水库大坝的建筑高度因时势的原因降低了三十米，古城仙源在淹没区之上，城内的居民们不用举家迁移背井离乡了。

然而此时新县城已经搬去甘棠。仙源古城虽幸免于被水淹没的命运，走向衰落还是不可避免。

我表哥就是在新县城甘棠出生的。他出生时，甘棠已有了三条新的商业街，随后又有了邮电局、人民大会堂、太平百货大楼、平湖电影院、新华书店和体育馆。

在甘棠读完高中后，表哥成了待业青年，一年后招了工，在太平百货大楼当仓库保管员，这在当时是很让人羡慕的工作。

就在表哥工作的那年（1983年），太平县改名为黄山市。过了五年，又改黄山市为黄山区。建制了一千年的"太平县"从地图上消失了，太平却没有消失，三十多年来，居住在此地的人还是习惯把这里叫作太平，不肯改口，就像一个远别故乡的人不肯改变自己的乡音。

然而改变还是在悄然发生着——上世纪末出生的人很少有说太平方言的了，当他们在外地读书、工作，向别人介绍自己时，会说自己来自黄山，是黄山人。

在时间长河里，一千年或许只是个顿号吧。世间万物变动不居，无论你愿不愿意，时间会以它的节奏与方式，慢慢改变着一切。

山下的钟声又再次响起，太阳的光有了些热度，笼在城区上空的雾气比先前淡了许多，街道和楼宇渐渐显出清晰的面目。

我举起相机，把眼睛贴近取景器，从取景器里我看见表哥当年在树顶上看见的那些——婆溪河、老街、巽峰塔、六角楼、甘棠小学，

※ 老街民居墙头一角

也看表哥当年没看到的——高速公路、工业园区、新建的校舍、楼盘、鳞次栉比的酒店和文化广场。

　　我用相机拍下了此刻所见的山谷小城,她是古老的,又是清新的,是慵懒惬意的,也是从容不迫的,有超然于世外的宁静,也有潜流涌动的波澜。

湖山好处便为家

"湖山好处便为家"——这句话是在苏雪林先生的文章里读到的。读这句话时我正坐在太平湖东岸的湖滩上,眼前是湖上日落时分的迷人光景。我的双肩和摊开的书上皆是暖融融的光。那年我二十七岁,已在湖边生活了五年。

最早见到太平湖时我还在县城读书,是住读。刚放了暑假,并不急于回到父母身边,和同学邀约着,骑自行车去远郊野游。参游的同学有七人——四女三男,自行车却只有六部。我没有自行车,便由男同学轮流带着,侧身坐在硬邦邦的后座上。那次野游是有冒险性的,所走的路是一条正在修筑还未开通的乡村公路。新剖开的山体露出橙黄的油润肌肤,也露出牙齿一样尖锐的石头,自行车不时陷进柔软的泥坑里,或被石牙猛不丁地咬住,撂倒在地上。

不记得路上摔了多少次,每次被一股弹力抛起又掼在地上时,我都想说：不要往前走了，回去吧。我强忍着没有把这句带着哭音的话说出口，爬起来，揉一揉磕破的地方，重又跳上自行车的后座。

那次野游是凭着年轻人的冲劲上路的，途中有些什么、会遇到什么，几乎一无所知，当然也不知道会见到太平湖。

见到太平湖的时候已是下午，当自行车丁零喤啷地转过又一道山门，下到坡底，一片灵秀而神秘的水域就撞入眼中了。我呆立着，仿佛跌进了另一个时空，后背滚过一阵阵电击般的酥麻感。很多年以后，当我在湖边生活了近二十年后，回想起与太平湖不期然的初遇，仍然能忆起当时的心情，被美震慑得想哭的感觉。

"这里真像仙境啊，一辈子生活在这里多好！"我脱口而出这句话。

再见太平湖时已是五年后。这回是坐着中巴车来的。中巴车行驶在铺着柏油的路面上，路两边是高高的水杉、鹅掌楸、枫杨和幽深的竹林。竹林之外是绵延的山脉、忽隐忽现的庄稼地、河流、村庄。我仔细地辨认着这条路，在记忆中寻找着对应的地方——怎么和五年前走过的路不同呢？是我的记忆有偏差么？

我更喜欢与村庄和河流若即若离又始终相伴的路。有了村庄与河流，这条嵌在大山脚跟的路就不那么寂寞了。我知道自己将在这条路上走很多年，不过究竟会走多少年，这是我当时还不能预知的。

盘山绕岭的河流犹如潜行游龙。当这条龙穿过一个名叫"密岩关"的峡谷后，河道便似打开的扇面，豁然开阔。驾驶中巴车的司机说：太平湖就要到啦。

司机三十多岁的样子，操一口本地口音的普通话，言辞很是热情。司机说他的家就在太平湖边的共幸村，推开家门看见的就是湖景："太阳出山的时候这湖最中看，水雾在泛着金光的湖面荡来荡去，轻飘飘的，可像电影里披着白纱的仙女了。"

"你从小就在这湖边生活？"我问。

"也不是，我家以前在石埭县的广阳城里，七〇年（1970年），陈村水库——也就是现在的太平湖开始蓄水，就搬迁到共幸村来了。这个村里的人差不多全是搬迁户，以前都住在广阳城里。广阳可是有两千年的古城啊，小时候听我祖父说，广阳古城的主街是人字形的，青石板街足有三里长，老字号的店铺一家挨着一家：弹棉花的、做糕饼的、卖药材的、卖古董的、开当铺的、剃头的、做裁缝的、扎纸花卖寿材的……可兴旺了。"

"七〇年蓄水，这么说太平湖是还是很年轻的湖啊。"我心里动了一下，这湖只比我年长一岁。

"太平湖的前生是什么呢？除了现在已淹在湖底的广阳古城，应该还有一条古老的河流是这湖的前生吧？"

※ 湖湾

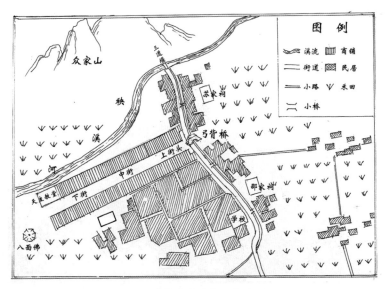

※ 古村落秧溪街示意图

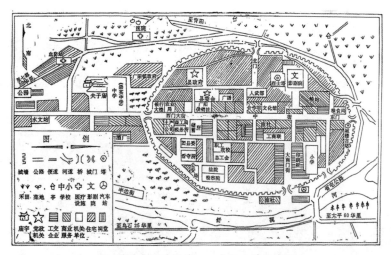

※ 1957年石埭县城——广阳古镇示意图

"前生？"司机扭头看看坐在副驾座上的我，笑道，"你这说法有意思。要说前生还真有，叫秧溪河，沿河两岸有上千户人家、上万亩良田……现在都沉到湖底，是湖神管辖的地盘啦。"

"秧溪河——名字里有禾又有水，一听就是物产丰饶的鱼米之乡。"我望向车窗外，想象着秧溪河和广阳古城的原貌，恍惚觉得那是自己很久以前的故乡。

"当年也有很多人家搬迁到县城里去了，我祖父大半辈子在秧溪河打鱼，舍不得离开水，就在湖边安了家。去年老人家过世了，过世的前一天还在湖上钓鱼呢。"司机说。

※太平湖白鹭洲岛

※ 太平湖晨雾

　　"村里现在也有很多人去外面的大城市打工了，说是城里的人多，钱好挣。城里到处都是高楼，看不到山也看不到水，哪有这里好嘛？"司机的眼睛看着前方，像是对我说，又像是自言自语。

　　湖面越来越开阔了。正是春色渐浓的三月，杜鹃花和野樱花临湖而立，一树一树地盛开着，安静又热烈，绰约的倒影投在碧清的湖面，如绽放在水中的焰火。

　　我在路边竖着白鹭洲标牌的地方下了车，司机将我的行李搬到路边，问："你是来景区工作的吧？"我点头笑道："以后要经常坐你的车了。"

　　拖着行李，走过一座长长的晃来晃去的索拉桥，对面就是白鹭洲了。可能是春寒未退的缘故，景区里很少看到游客。几艘仿古游船泊在湖边，均是竹木结构的画舫，红楼号、宝玉号、黛玉号、雨村号……船名如出一辙，全和《红楼梦》有关联。后来才知道，1984年，王扶林导演的电视剧《红楼梦》曾在这里选景，这些画舫就是那时造出来的道具船，拍片结束后改为游船。

踏上白鹭洲岛，树影从四面围拢，斑驳地罩在头顶，微凉的清寂感也随之袭来：我的青春或者说人生就要扎营在这里了——这真的是我想要的生活吗？除了自然的风声、水声、鸟鸣声，耳边再也听不到别的声响，繁华与热闹都与这里无关，而我还这么年轻，什么都没有经历过……我不确定自己是否能安心地待在太平湖，在日复一日的寂静里与湖山相伴。

白鹭洲处于太平湖的中游，太平湖最宽阔的水域就在这里，两岸相隔有六公里。雾起的清晨，站在白鹭洲的湖边是看不到对岸的，整个对岸——包括最高的陵阳山全都遁于太虚。当雾一点点散去，陵阳山的轮廓才渐渐凸现，初时似浅淡水墨画，随着日光加强，淡水墨便成了浓墨的丹青。

我在太平湖的第一份工作是导游。参加了几次导游讲解的培训后，对太平湖的身世便有了详细的了解。我意外地发现，原来我的血脉和这个湖竟是有渊源的——怪不得初遇湖时就有莫名的亲切感。

这个湖最上游的渡口叫乌石渡口，最下游的渡口叫浮溪渡口。（两个渡口之间的水程有八十多公里）而我的外公家就在下游的浮溪渡口，我的母亲在浮溪渡口出生，我的幼年也曾跟随母亲在那里生活过一段时间。

我人生最初的记忆里就留存着浮溪渡口的影像——一条银灿灿的大河，看不到对岸和尽头，河边是白花花的芦苇和松软的沙滩。趁母亲不留神我便从屋子里溜出来，在沙滩捡贝壳，或蹲在河边，把手探进水里抓小虾。有一次抓小虾抓入了迷，我差一点滑到河里去，若不是背后有双大手一把将我拎起，我就顺着河水淌走了（浮溪河每年都要淌走一两个小孩，外公说是叫河神收去做童子了）。

记得快入夏时，母亲从河边洗衣服回来手上总会提一条大鱼——那鱼还是活着的，在母亲的手里甩着尾巴。入夏前的梅雨季是河鱼产卵的时节，鲤鱼、草鱼、鳊鱼、鲫鱼、翘嘴白、黄尾、红尾赶集一般纷纷游向浅水的岸边，拥挤着、跳跃着，有的能跃出水面半米高。母亲毫不费力地用棒槌将游到身边的鱼拍晕，捉起来，扣紧腮部提回家。母亲将捉到的鱼炖汤或清蒸，除了盐不放任何调料，汤汁乳白，醇厚鲜美。（在太平湖工作之后经常能享受这样的口福）

我做导游的时间不长，两个月后便被安排在白鹭洲的茶室。茶室建在岛中最高的山坡上，三面墙均是落地玻璃窗，坐在茶室内就可以看到最开阔的湖面。茶室是供游客闲坐休憩的，仿古的茶柜上摆着各种茶具，茶叶则是本地产的名茶——太平猴魁。

太平猴魁的产地就在太平湖下游，离浮溪渡口不远的新明乡猴岗村。我对这个村名是熟悉的——我母亲年轻时曾在这个村子教过书（母亲从十八岁开始教书，之后的三十年便在太平湖下游的几个村子里来来去去，跋山涉水，一双脚几乎没有走过平路）。"茶季的时候学生们都放了茶假，在家里采茶，我也就不用上课了，帮村里人采茶，天没亮透就上了山。那山又高又陡，可难爬了，爬上去又滑下来，爬上去又滑下来，等爬到半山腰，身上全湿了，叫露水给打湿的……茶季结束时我帮忙的人家会给两斤猴魁，够喝一年的，放几片在杯子里，用烧开的山泉水泡开，整个屋子都是茶的香味。"

母亲在猴岗村教书的时候这个村子还很穷，太平猴魁虽早已扬名——1915年便获巴拿马万国博览会金奖，但山高路远，这里的人

※ 湖畔一家子

即便守着金山过的仍是苦日子。"不过那时大家过的日子都一样，穿的都是打补丁的衣服，吃的都是粗粮，也不觉得有多苦。"很多年后——当退休了的母亲在自家院子里坐着，回忆过去的生活时这样说道。母亲说这番话的时候，猴岗村和紧邻的猴坑、颜家村已是今非昔比，公路与水路的畅通引来了一拨一拨的茶商，也带来了源源不断的财富。

在茶室的工作是比较清闲的，特别是一早一晚的时间段，茶室里很少有客人，我便拿一本书，在窗边坐着。我通常坐在茶室面西的窗边，抬眼就能看见碧清的湖面和对岸的陵阳山。陵阳山是太平

※ 湖边秋景

湖的日落之山，只要天气晴朗，傍晚时整个陵阳山便会笼在橘黄的夕照里，仿佛披了件圣袍，庄严而安详。也许是日落景象赋予了陵阳山不凡的气质，关于这座山便有了很多神话和传说，流传最久的，便是汉代的窦子明在陵阳山隐居得道升天的故事，此外还有浮丘公在此山修道炼丹的传说。

长时间地凝望陵阳山，便觉得那山和自己有隐秘的交流，仿佛它是一个沉默又无所不知的朋友，能懂得我的内心，并在我苦闷时给予宽慰和安抚。

在太平湖工作的前五年里，我的精神是经常感到苦闷的，"这湖收留了我，也限制了我，生命中很多属于年轻时代的精彩、乐趣、

※湖边渔村

※ 太平湖畔蓼草花

契机都被她拿走了……如果一个人的心灵没有归属，那么她的灵魂就始终是漂泊的，即便生活在山水之间，也难以获得家园般的安宁感。"我在日记里这样写道。

我在苦闷时除了和陵阳山默谈，也会去湖滩漫步。白鹭洲下有一片荒芜又迷人的湖滩，是我流连忘返的去处。

"那片湖滩就像是湖吐出的一条长长的舌头，滩上有一垄一垄几百年前的墓冢，早被升上来又落下去的湖水涮空了，一踩一个坑……"

"湖滩上有许多碎瓷片，多为青花瓷，偶尔也可见几片青花釉里红，有的粗糙古朴，有的精致细腻。运气好还可拾得一块完好的碗底，上面一个方方正正的大印：光绪年制。"

"湖滩上还零落一些石刀石斧之类，只是少有完整的了。这个地方因为很少有人来便有着与世隔绝的旷阔感；这个地方滋生我古代郡主的尊贵感、豪放感、自由感。"

"这是我的地方，我对自己说。我来这个湖滩，也不是一味来寻觅虚幻的郡主梦的，我的手里总是拿着一本书，坐在滩边一块没有字迹的青石碑上，面朝最宽的湖面，阅读。"

——在太平湖生活了十年后，我在自己的散文集里记录了湖滩的形貌，也记录了我的内心。

我就是在这个湖滩上遇到苏雪林先生的。一天傍晚，我像以往那

※ 合铜黄高速

样，面朝湖水坐在石碑上阅读，目光不经意就落在一篇文章的作者简介上：苏雪林，女，1897年出生于黄山区（原太平县）永丰乡岭下村。我兴奋得跳起来，永丰乡岭下村不就在太平湖上游么，没想到太平湖这个山高水远的地方竟出了一个作家。我突然觉得精神被什么照亮了。

苏雪林先生并不只是一个作家，对我来说，她更是一种象征、一个指引。她的出现是一个启示——让我清楚了自己灵魂的去处。我桌上的书更多了，并且有了堆叠的稿纸，在湖滩上漫步之后，回到房间便开始了纸上的漫步，在文学的写作中一点点地建立起自己精神的居所。

算起来我在湖边已生活了二十年了，这二十年是中国变化最快的阶段。变化带来了经济的发展、提高，也不可避免地带来了浮躁、破坏。破坏最大的就是我们赖以生存的自然环境了。

太平湖在这二十年里也是有很多变化的：游船从最初的几艘画舫变化到如今一百多艘游艇，公路也由仅有的一条柏油马路变化到合铜黄（合肥—铜陵—黄山）高速的畅通，还有湖边矗立起来的一栋栋公寓和别墅。所幸这些变化尚未损及太平湖的自然生态——湖的水质依然保持着二十年前的纯净与清澈。作为有着"中国最美地方"称誉的景区，太平湖在发展之时又谨慎地加强了水质的保护。

从初遇太平湖到现在差不多已过去四分之一个世纪，而我还将继续在这里生活下去——没有什么地方比这里更适合我。我习惯了抬眼就能看见清澈得照见人灵魂的湖水，习惯了每天的黄昏时分对陵阳山的凝视，我甚至习惯湖边每一棵植物的表情，看见它们如期地生长、开花、结果就感到安宁。当我散步于湖边时会像老朋友那样和它们打招呼，我知道它们也都认识我——一个在同一条路上走了二十年，不说是至交好友，也算得上是亲切的老邻居了。

甘棠，甘棠

距离太平湖十八公里处有个小镇，叫甘棠。每到周末，我会坐上前额贴着"甘棠 ←→ 太平湖"标牌的蓝色公交车，半个小时后，在太平国际大酒店门前下车，穿过一条马路，再穿过一条街，拐一

※俯瞰甘棠镇一角

个弯，就到家了。

甘棠是我的家之所在，也是太平（现在叫黄山区）的区府所在。

到黄山来的外地游客总是弄不明白黄山究竟在什么位置，以为到了黄山市就是到黄山，其实呢，到了黄山市只能说是到了徽州的心脏，这个心脏又名"屯溪"。

黄山的南大门、北大门、西大门和东大门都在太平境内，游黄山的客人通常是从南大门或北大门乘索道上山，夜晚的住宿若不在在山上的宾馆，就在山下的汤口镇或甘棠镇。

※ 新街的梧桐树

一　甘棠镇位于黄山北麓平坦开阔的冲积盆地里，是联结黄山与太平湖的后方基地。

甘棠镇的地名源于"甘棠遗爱"的故事。这个故事是从母亲的成语词典上看到的。

母亲当了几十年的教师，几十年的时光里，母亲在夜晚的姿态都是灯下伏案的样子。电灯的瓦数低，就套一个帽檐型的白纸罩，把昏黄的灯光聚拢成一束。母亲一手扶着额头，一手捏着墨水笔（指尖染着红墨水迹）。案前是高过头顶的作业本，一只圆脸细脚的闹钟和两本厚厚的字典。

母亲查字典的功夫是可以上吉尼斯纪录的，只要说出一个字，她就能准确地翻到那个字所在的页码，丝毫不差。几十年，朝朝暮暮陪伴她的字典犹如一位亲密爱人，一页一页的内容都烂熟在她的心里了。

少年的我对母亲这一本领极为佩服，也常把字典翻动着，暗想着也能练就这门功夫，那样，伙伴们和班主任也就会对我刮目相看了。

不久以后，那本军绿色封面的成语词典便像是晚秋之菊，每一页都卷了角、起了毛，面目迅速苍老。而石青色封面的新华字典还是原先的样子，只留下我几个不太明显的指纹。

每一个成语背后都有一个故事，这是我热衷翻看成语词典的原因。

※ 始建于二十世纪八十年代初的黄山饭店

我在短短的时间里熟透了那些成语和故事，并把成语铺张地、强硬地镶嵌到作文里，希望得到班主任的称赞和青睐。果然，原本对我并不看好的班主任态度大变，报喜般告诉了她的同事——我的母亲："你女儿作文写得真好哎，会用不少成语了，是你在家辅导的吧？"

"我没辅导啊？"母亲抬起眼皮，有些诧异，又掩不住几分高兴。

"没辅导？你女儿连'甘棠遗爱'都会用了……"

母亲的脸色一下子涨成茄紫。

后来的结果是——我被母亲揪着耳朵，翻开作文本，给她读那篇堆砌着很多成语，其中也包括了"甘棠遗爱"四个字的作文。

　　这真是一个误会。能将新华字典熟烂于胸的母亲，对成语的了解却是平平，不知道"甘棠遗爱"是一个很美好的成语。她只敏感于"遗爱"这两个字，并坚定地认为这两个字对年少的我是有毒的。

　　"甘棠遗爱"的故事源于《诗经·周南·甘棠》，说的是在三千年前，西周周成王即位后，因年幼，便由叔父召伯辅助其治理天下。召伯长年在民间巡行了解民情，为百姓排忧解难。每到一地，召伯只在路边的大树下搭个草棚宿夜，宁愿居住在不曾修剪的粗陋草棚里，而不去打扰当地老百姓的日常生活。

　　召伯去世后，老百姓长久而深情地怀念着他，对曾经为他遮荫

※ 四眼井

※ 辟邪石像

※ 木雕构件

的甘棠树也百倍地爱护起来，不忍砍伐了。百姓们编起歌谣，一代代唱颂着召伯的功德——"茂盛的甘棠树，不要剪不要砍伐它，召伯在这里露宿过；茂盛的甘棠树，不要剪不要伤害它，召伯在这里休息过；茂盛的甘棠树，不要剪不要折断它，召伯在这里暂住过。"

春秋时期，孔子也极其敬重这位先贤，就把这首歌谣收录到诗经里。因此便有了"蔽芾甘棠，勿翦勿伐，召伯所茇；蔽芾甘棠，勿翦勿拜，召伯所说"。

"我看见甘棠树就像看见了宗庙，肃然起敬。"——孔子说。从此，华夏大地有了许多以"甘棠"命名的山水村镇。

十七岁以前，我住在一个四面青山的村子里。村里的人多数姓"项"，说的都是本地话，每家都种着茶园，住一样高的房子，穿一样款式的衣服，吃一样内容的饭菜，连女孩子们头上的蝴蝶结也是一样的，只是颜色不同。

村子里最老的老人是我的祖母，我叫她"耄耄"（太平话奶奶的发音）。

耄耄不是我的亲祖母，而是父亲的伯母。我的亲祖母在父亲还是少年的时候就离开村庄的瓦屋，移居到一座馒头模样的茶山坡上去了。这座山坡是村庄的另一个部落，祖父和更老的先人们都在这里。除了风、草、阳光、鸟虫和小兽的声音，这里再没有别的喧响，一派安静与祥和。

每天的晌午，毫毫总是坐在剥落了石灰露出黄土芯子的院墙下，和邻居的老太太叨着山上那些先人的旧事。从山上吹过来的风和阳光轻轻附在毫毫的肩上，吻着她多褶的额头，立刻，毫毫的额头有了亮光，先人的形象在毫毫的记忆里一个个起身，气息和容颜通过毫毫细碎的讲述复活过来。

"天聪的祖公是做药材生意起家的，仙源和甘棠都有他的铺子，后来不知是中了什么邪，一头扎到烟炕（鸦片）里去了，把家产一点点败个精光。那样精壮的人，走的时候就只有一把骨头了。"

天聪是我父亲的名字，毫毫说的是我曾祖父时期的事情。

※ 老街旧民居

※ 老街古民居院落

　　"天聪的老子从小就能写会算，十八岁开始当家，在甘棠的茶行做账房先生。他办事仔细，为人和气，得东家的信任，可惜不长寿，一场伤寒说倒就倒了。"

　　"天聪的恩姆（母亲）是个好德性的人，对家里家外的人都和善，没见她动过脾气，只是身体总不好，生小命（小孩）太多了……"

　　"天聪的恩姆硬是观音土吃多了胀死的。那几年闹饥荒，她把米都省给儿女吃了，我病倒的时候还给我煮过粥端到床前，她自己舍不得吃一粒米，饿了就吃观音土……"

　　毫毫断断续续说到这一节的时候，总要停下，捏住衣拐抹一下眼角。

晌午的阳光昏黄暖洋，一直到傍晚才离开了耄耄的额头，翻身跃出剥落了石灰的院墙，提脚回到那座馒头型的茶山坡上，落下去，落下去。

耄耄对先人和前尘旧事的讲述从不厌倦，却很少说自己的故事，似有不愿提及的苦痛。

和耄耄有关的故事我也知道一些，是从母亲那里听来的。

耄耄的娘家是在南京，开着茶行，每年的春天，四五月里，耄耄的父亲就会带着伙计到太平，落脚在甘棠。太平猴魁和黄山毛峰是远近闻名的好茶，开茶行的商人在新茶上市的季节都会云集于此。

有一年春天，突然下起桃花雪，耄耄的父亲在来甘棠的路上受了风寒，到客店就病倒了。也是天意，我曾祖父那天刚好起了个早，洗过面后端上沏了猴魁的紫砂壶，在街上闲逛着赏雪。

春雪如梦，而桃花雪就更是难得一见的好梦了。街上多数的店铺都还关着，屋前桃李初绽的树枝上托着雪团，屋檐下悬着冰溜子，瓦缝里缩着麻雀，青石板的街道上铺着干净的雪，踩上去咯吱咯吱地响。曾祖父饮下一口香茶，心里很惬意，觉得自己就像是这个早晨的郡王。忽然，从街拐角走来急促的咯吱声，一个急慌慌的人进入曾祖父的视线。曾祖父叫住了他，问他有什么事。那人指手画脚说出一串外地口音的话，曾祖父很费力地听懂他的意思，知道是有人在客店生病了，需要救治。曾祖父虽不是中医，但因开着药材铺子也懂得一些医术，便跟随伙计去了客店，没一会儿又回到铺子里，配了几副中药，让铺子里的小伙计煎好送到客店。

就这样，曾祖父和耄耄的父亲认识了，结拜了干兄弟，后来又成了儿女亲家。耄耄从南京嫁过来在甘棠住了三天，后来就住在这个姓着项的盛产茶叶的村子里，再也没有去过别的地方，甚至没离开过村子。

1984 年，我第一次听说"黄山"，是在张明敏演唱的《我的中国心》里。那时我并不知道黄山其实离我很近，近在咫尺，只要翻几座山过几条河就到了。当我唱着"黄山，黄河，长江，长城"的时候，还以为黄山像长城一样遥远。

太遥远的远方形同虚设，可以到达的远方才是可以想象和盼望的。

甘棠就是我那时盼望的远方。从甘棠买来的涤纶衣服是好看的，从甘棠捎来的蛋糕甜点是好吃的，从甘棠乘车而来的女子是洋气的，而住在甘棠的人就像是住在世界最美好的地方了。

我的姨妈就是住在那个美好的地方。

姨妈比我母亲大六岁，是母亲娘家唯一的亲人。母亲在山里教书，少有空闲出门，更别提去甘棠了。不过母亲每年还是有两次机会可以出门的，一次是暑假，一次是寒假。母亲把这两次出门当作她的重大节日，假期临近的时候就默默地做准备了。

※ 老街巽峰塔近景

这两次出门也是母亲暂时逃离那令她身心疲惫的生活的机会——这一点是我很久以后才领会到的。一个人在相同的环境里生活久了，会感觉那没来由又消解不掉的厌倦与疲惫，仿佛生命的源泉因受围堵而枯竭，因受压抑而窒息，渴望着离开深陷的生活泥沼，出走到一个陌生而自由的地方，一个可以改变自己角色和状态的地方。

甘棠对母亲来说就是这样一个地方。

"到甘棠去"是母亲所说的最快乐的话。母亲说这句话的时候通常穿着她平日舍不得穿的好衣服，浓密的头发梳理得一丝不乱，一侧别着一根夹针，脸上比平时也光亮了不少，搽了雪花膏的效果。母亲的手里会拎着一个细篾篮子，篮子里装着茶叶、干笋、鸡蛋、金针菇、黄豆和绿豆，这些土产是送给姨妈家的礼物。

"这是哪里去呀？"村里人问。

"到甘棠去。"

母亲去甘棠常会带着我，把哥哥留在家里，这是假期前说好的，谁的期末考试成绩好就带谁去。我的成绩在班级并不算好，和哥哥比起来却从没落后过。也有一些时候母亲会一个人去甘棠，谁也不带，这种时候是母亲渴望独自呼吸的时候吧。

我第一次看烟花是在甘棠，那究竟是哪一年呢？不记得了，只记得是正月十五，站在甘棠最高的楼上——百货大楼的楼顶。楼顶上站满了人，都是伸长了脖子看烟花的。

我的身边站着母亲和姨妈，我们仰着头，在烟花的声音里惊呼，手舞足蹈，快乐到忘形。

姨妈说那是新中国成立以来甘棠第一次放烟花。之前是什么时候放过烟花呢？烟花总是和盛世庆典相关的，就像是一个人家富裕了以后忍不住地摆阔和铺张。

"我从南京过来，到甘棠的那天晚上，满旮（街）都放了烟花，

※二十世纪八十年代糖酒公司营业场景

还摆了戏台子，烟花放了三天，戏唱了三天，酒喝了三天……后头再没看过烟花了，那么好看的烟花，看过一次一世都记得，冒（忘）不掉。"当我回家把这情形夸大几倍说给耄耄的时候，耄耄瘪了瘪嘴，用那因漏风而不清的口齿说起她看过烟花。

那已是七十多年以前了呀，那时的烟花和现在的烟花一样吗？

初到甘棠的耄耄是时髦娇气的小姐，讲着一口南京话，没多久就会讲很地道的本地话了。过了几年，耄耄成了守寡的妇人，翻过一年，儿子又夭折了。

1937 年 12 月 13 日以后，耄耄失去了娘家所有人的音讯，后来长长的年月里，再也没有人给她捎来南京的梅花糕和盐水鸭。

十七岁那年我独自去了甘棠，去读书。

直到那时我才知道甘棠之所以叫甘棠，除了和"甘棠遗爱"这个典故有关联，还因为近郊兴村的几百亩土地上遍植了梨树。

甘棠就是梨树。

我去过一次兴村梨园。在四月微雨的周末，和班上要好的女孩一道，骑了自行车，穿街过巷，飞驰于开满油菜花的田野，半个小时后到了梨园。梨花如海，雪白芬芳的海，女孩们鱼儿一样融入海的泡沫中，张开双臂，像游又像飞，千万朵梨花和着细雨，以飞舞的姿态从树梢降落，降落，落在女孩们的发间、眉上、脸颊上。

女孩们用美丽的身体承接着梨花的轻俏与芳香，年轻的欢声也像梨花一样漫天飞舞。

这些梨树是哪一朝种下的呢？种树的古人早已化作尘埃，而一代代的后人仍在品尝着果的甘美、迷于花的芳颜。

在甘棠读书的几年里，最喜欢的事情就是在周末和同学一起逛老街，在糕饼坊吃一种名叫"鞋底酥"的点心。鞋底酥有手掌一般大，模样酷似鞋底，一层层的酥皮，油黄松脆，上面镶着细碎的葱花。喜欢吃的还有新出锅的糖糕和糯米发糕，这些在乡下过年时才能吃到，而在老街是随时都可以吃的。

老街的人家多姓崔，这一点光看门楣上的招牌就知道了——崔家面馆、老崔理发店、小崔修理铺、崔氏中药铺。

走在青石板的老街上，我常会在心里想象着它很久以前的样子，恍惚中，觉得我的曾祖父就在街道某处，身着青绸长衫，托着褐色的紫砂壶，漫步着。

※ 甘棠老街石板道

我确实在老街遇见过曾祖父，在十八岁的秋天。

那天我穿着一件崭新的碎花泡泡袖衣衫，手里提着一个搪瓷食盒，食盒里装着热乎乎的糖糕和发糕。我买这些是带回村子给耄耄吃的，耄耄早就没有牙了，每天喝着粥和米浆，吃一些糯软的甜点。耄耄喜欢发糕的口感，"猫软猫软的，好吃"。

在经过崔家面馆的时候，里面忽然冲出一个人，狠狠撞了我一下，搪瓷食盒脱手而去，滚到路边，落进了河里。

河水幽深缓慢地流着，从街头流到街尾，食盒很快沉了下去，在河底隐现白影。撞到我的人是个孩子，见自己闯了祸吓得不敢做声。

※ 城郊河流和古桥

我顾不上责备他，寻来一根竹枝，跪在河边努力地打捞着食盒。就在这时，我看见了清幽的河水中浮现出一个身影，穿着对襟布褂，方额长耳，慈眉深目，温和地望着我说："小敏别捞了，你毫毫吃不到了。"

我心里一动，手也禁不住颤了一下，回头看向身边，除了那个小孩和闻声而来的几个妇人，并没有所见的身影。可能是我看花了眼听错了声吧，我想。

那天是周末，也是我的生日，母亲在一周前就打招呼让我回去，说要炖乌鸡汤给我吃。我穿的碎花泡泡袖衣衫就是姨妈头天送给我的。

"真快啊，小敏十八岁了，大姑娘啦！"姨妈望着我脱下旧褂试穿新衫时，感叹道。

那天我没有能够捞起食盒，河水太深了，捞不上来，而且我的心里无端地不安着，似有一个声音在催着我：快回，快回。

我重新买了一些小蛋糕，骑上自行车回村

子。来甘棠读书时，父亲特意为我买了一辆轻便自行车，在车头安了一个小车篮，里面可以装下书包和一些零碎东西。从甘棠骑车回村要三个小时，一路的田园风光总是吸引着我，诱我停下来，把车支在路边的树下，奔跑到田间，穿过一亩一亩的金黄，再穿过树林、沙滩、大桥，在白苍苍的芦苇丛里躺下来。

大桥下的河水在秋天很浅，曲折蜿蜒，露出了河心的巨石。而在春夏时节，河水会突然间汹涌而至，狂暴地吞没大桥，也吞没一些在桥中央无处可逃的人（初中时的一位女同学就在过桥时被吞掉了）。

那天我没有在路上停车，尽管路边的野菊花一个劲儿地招呼着我。"下次再来看你们吧，今天我要早些回去。"我抱歉地对菊花们说。

很久以后，当我一次次地在梦里见到耄耄时，仍然是那天下午的情形——耄耄靠在房门边，用微弱的声音喊着我："小敏，过来给我贴膏药，肚子疼……"

我走过去，接过她手里的膏药，就见她沿着门框滑下去。

我一把抱住她，在她脸上看见一抹诡秘的、最后的笑容。

在整理耄耄的旧物时，父亲从她床头的红木箱子里翻出一些发了黄的照片，父亲说他以前也见过这些照片，"这个人就是你祖父，边上这个是伯祖父，前面坐着的是你曾祖父"。

我的目光盯着照片上坐着的曾祖父——方额长耳，慈眉深目，和我在老街的河里见过的那个身影毫无二致。

耄耄是在九十三岁时移居茶山坡的，和她早年过世的丈夫儿子在一起了。

耄耄是这个村子里最老的一片树叶。这片树叶所经过的岁月里有战乱，有饥荒，有天灾，有人祸。风吹浮世，那些比她更厚实的树叶都纷纷地落了，而她却始终悬挂在枝头，以孤单多病的身躯穿过了悠长悠长的季节。

二十岁的时候，我离开了甘棠，来到太平湖。

我在甘棠读的是旅游学校，这就意味着以后的工作将和旅游行业有关，要么去黄山当导游，要么在山上或山下的某个宾馆工作。

我很想留在甘棠，希望能被小城的某家宾馆或旅行社录用，那样我就成了城里人了。做一个城里人，这是我当时的理想。只是我没有能够实现这个理想，工作落在了离城十八公里外的湖边，在被称作"黄山情侣"的太平湖风景区。

已经过去很多年了。

距离我第一次在甘棠看烟花很多年。距离我在春天的梨园撒欢儿很多年。距离我在甘棠老街吃鞋底酥很多年。距离我在老街的河边遇到曾祖父很多年。

当我回想起这一切的时候，一切就像是昨天的事情，一切也像是从来没有过的事情，是我的想象，是一场梦，或者一部讲述时光的电影。

"时光，时光是一个谎言，时光是不存在的，我们也是不存在的，一切不能永恒的东西都如同谎言，是不存在的。"

——这是我最近在一部电影里听到的台词。

在另一部电影里，也听到过和时光有关的台词——"你想进入时光隧道？当然可以，只要排除你现在生活里的一切事物，在头脑

※ 程氏宗祠周边环境

中想象那个时代的人、服饰、情景，一直想一直想，不要停止，你就能到达。"

第一段台词出自《日落时分的爱》。第二段台词出自《时光倒流七十年》。这两段话是相悖的，听着又都有道理，咀嚼着话里的含义，很有点意思。

召伯存在吗？如果没有《诗经·周南·甘棠》，他是不存在的。

我的曾祖父存在吗？如果耄耄从不说起他，他是不存在的。

耄耄存在吗？如果我不再记得她，她是不存在的。我们只存在于和我们相关的人的记忆里。即便离开这个世界，只要有人记得就是存在。

当和我们相关的人的记忆也消失了，又怎么证实我们存在过呢？

所以才有文学，有音乐，有书画，有一切在时间的废墟上永不湮灭的思想、艺术与美。唯一能与时间抗衡的就是这些了。唯一能证明一个人存在的也是这些。而无法证实的存在，确实像谎言那样虚无。

萨特说，生活本是一片虚无，全靠自己赋予生活以意义。

为了确定"我"的存在，并给眼下的生活赋予意义，从周一到周五，我在太平湖边，在自己的房间里，面对日出日落缓缓书写着。就像母亲当年用纸罩聚拢昏暗灯光一样，我在用文字聚拢，聚拢那些散落于生命角落的，细碎的光芒与履痕。

致君美味传千里

——王致和传略

　　明清时期，仙源作为太平的县府所在地是非常繁华的，商铺毗连，招牌林立，街上车马塞途，行人可用"摩肩接踵"来形容。

　　本地人爱吃豆制品，一日三餐的饮食离不开豆腐、豆干，因此在仙源街上开豆腐店的人家也多，隔个两三百米就有一户。在这些豆腐店中，生意做得最好的要数老王家。也不知怎么回事，同样的原料，同样的工序，老王家的豆制品就是要比别人家的味道好，加之品种又多，光豆干就有五六种形味的，街上的人便送了他一个"豆腐王"的外号。

　　做豆腐是很辛苦的事，睡不好觉，鸡叫头遍就得起床，推动石

※ 豆腐

磨，把泡好的黄豆磨成浆，然后滤汁，入锅煮。豆浆在锅里煮开花时，天色才微微泛出一线亮光来。

　　街上的豆腐店起得最早的就是"豆腐王"家。生意好，买的人多，豆制品自然也就要多做，长年如此，老王不免积劳成疾，落下了心口疼的病症，隔三岔五地熬中药吃。

　　老王家有四个女儿，一个儿子。儿子出生的时候老王已四十多岁，中年得子的老王在街头搭了个粥棚，施了一个月的米粥，一来是对老天爷的感恩，二来也是给自己的孩子积些福报。老王给儿子取名为"之和"，在老王看来，人生中最重要的就是一个和字，做人要和气，做事要和顺，邻里亲友之间更要和睦相待。

　　也许是末脚儿的缘故，之和从小身子骨就弱，三病两痛的，没消停过。不过之和的脑子很聪明，五岁不到就能算账，反应极快，买豆腐的刚报出斤两，之和的眼睛一眨巴，就能说出多少钱，分毫不差，见者都说这孩子天资过人，豆腐王家的店铺将来到他手上生意准错不了。

老王对儿子的未来却是另有打算，他不想之和长大后跟他一样，每天半夜就得起身，围着磨盘打转，连一个自然醒的觉也睡不了；再说之和的身体欠结实，也不适合做这样劳累的事。

之和六岁时，老王就把他送到学堂里去了。王姓在仙源是个望族大户，族中在祠堂设有私塾，教书的是当地最有学问的儒生老者，只要是同宗族的子弟，按规定交了钱粮，就可入塾学习。

王氏宗祠在仙源的东头，穿过街，拐两个巷弄，过一座大桥就到了。虽说路程不远，但毕竟之和年纪太小，母亲怕他路上贪玩出差错，每天颠着小脚，把之和送到麟凤桥边，直到看见他进了学堂才返回。下学时，再颠着小脚去桥边等着之和。

之和十岁那年父亲去世了，没吃完的中药在壁桌上搁着，散发着微苦的气味，很长时间也没人把它们挪走，仿佛老王还会回来，解开四四方方的纸袋，用药罐煎来吃。

老王去世后，豆腐店便由已成家的大女儿接手掌管，之和仍留在私塾读书。

大女婿原先就是豆腐店的伙计，是个忠厚又能干的人。老王临终前眼角挂着泪痕，久久不能合目。大女婿知道他是放心不下之和，便拉着妻子跪在床边，说伯伯放心吧，我们会把小弟照顾好，让他安安心心地读书，将来能考取功名，光宗耀祖。

话音落地，老王的眼皮就合上了。

 十三岁那年，之和在族人的荐举下进入了仙源最高的学府——天都书院。

天都书院始建于嘉靖年间，是官办民助的学府，官府赐名、赐匾额、赐书、拨田产，本地的富商大贾们捐助银钱，无力捐钱的人家则付出所需的劳力。在书院读书的多是已有一定功名的生员士绅，此外就是像之和这样颇具天资的"俊秀之才"。

之和进天都书院时，学院已有一百多年的历史，经过十几任县令的扩建修葺，正是兴盛之际。之和虽年幼，在天都书院的学习却很勤勉，加之本人又生得文秀，言谈不俗，颇受书院师长们的钟爱。

三年后，之和参加本省学政巡回举行的科考，很顺利地通过，考中了秀才。这么小就中了秀才，在当地着实轰动了一阵子。

只是之和的身体一直还是羸弱，小病小痛不断，科考之后又病了一场，抱着肚子在床上直翻腾，这可急坏了之和的母亲和姐姐们。

请医生诊治，灌下十多副中药，又喝下寺庙里求来的符水香灰，才算有了好转。这样折腾一月有余，之和自然是比以前瘦了很多。母亲摸着之和耸起来的肩胛骨，连连落泪，说我娃受苦了，都是你老子害的，要你读书读书，他可不知道读书是比做豆腐还累人的啊。

母亲想让之和快点恢复，买了筒子骨、蹄筋、火腿，和老母鸡炖在一起给之和吃。之和却完全没有食欲，勉强喝两口清汤便推开。看着碗里几乎没有动的东西，母亲直叹气，又没办法。大姐便过来劝母亲：小弟的病刚好转，胃口还没有开，不如熬点粥，弄点开胃口的小菜给他吃。

母亲于是照大姐说的，用大米熬了稀粥，小碟子装了两块豆腐乳，托盘装着端到之和面前。母亲把托盘放在床边时见之和侧身靠在床上，也就没喊他，轻手轻脚地退出去了。过了半个时辰，母亲进来看之和醒了没有，却见之和已经起身，精神明显好多了，床前的粥碗空空，豆腐乳只剩下小半块。

之和告诉母亲，明天还这样吃，豆腐乳就粥。母亲连说好好，你喜欢吃什么就给你做什么。

这豆腐乳味道真鲜，是谁做的？之和随口问。

是你大姐做的，母亲说，你大姐做的豆腐乳在这条街上吃香得很，县太爷家的老太太就专吃你大姐做的豆腐乳，每年冬至都派人来预

※ 仙源特产豆腐乳

订呢。

为什么要冬至预订？之和又问。

母亲说冬至这天开始进九，进九后的几天做豆腐乳是最好，用泥坛子装着，到过年时就可以吃了。

母亲看之和听得很有兴趣的样子，接着说道，你小时候看我把霉豆腐乳的稻草铺在竹匾里，就爬进去躺着，还在里面翻跟头。你大姐说小弟这么喜欢稻草，干脆把你放到牛栏里去过夜吧，牛栏里的稻草多，够你翻滚的。后来你还真跑到牛栏里去了，踩了满脚牛粪回来，惹你老子一顿光火。

之和笑起来，说小时候大姐最喜欢逗我，说我是个小憨子。

不久之和就定了亲，亲事还是族长托媒人上门来提的，姑娘姓周，与之和同年，是族长的外孙女，算是出了五服的远亲。

母亲对定下的亲事很满意，对之和说，灯会上看过这周姑娘，团团脸，高鼻梁，耳垂又厚又大，是旺夫的面相，算命先生也说了，你们的生辰八字非常合，是前世的姻缘，天生的一对呢。

之和见母亲满意自然也很欢喜，读书也更为用心了。

三　三年后的秋天，之和要去南京参加乡试了。乡试之前，族长特意把致和的大姐夫叫去，谈了一个时辰。

大姐夫回家后又去了母亲的房间，当晚，母亲对之和说，你大姐夫要去南京采办东西，刚好可以一道，来回的路上也有个照应。

之和高兴得直拍手。自父亲去世后，大姐夫就成了这个家里的顶梁柱，豆腐店里的事都由他张罗，生意做得很红火，正准备把边上的两间店面也盘下来，把"豆腐王"家的门面扩大。

与之和一起参加乡试的还有几位宗亲，都比他年长。有一位和之和的父亲差不多年纪了，按辈分之和要叫他叔爷，已乡试多次，总是落第。在那个年代这并不是多么稀奇的事，不少人大半辈子都在读书、应考，结果什么也没考上，头发白了还是个老童生。

对于这次科考，之和并没有抱太大的希望，虽说他的学业在书院一直是优秀的，可这并不意味着就能中举。不过好在还年轻，家里的境况也还不错，可以供他继续学下去，考不取，过三年再考就是。

　　不久乡试放榜，"王之和"三个字居然写在榜首。那位叔爷的名字在榜中遍寻不着，仍只是个陪考。

　　自放榜后，每天上门来道喜的人络绎不绝，就连县令也亲自上门来贺喜。之和年已六旬的母亲颤巍巍地站在门口迎接县令，又是高兴又是手足无措。

　　直到此时，之和的人生——除了父亲去世早，没受到过什么挫折，科考生涯顺汤顺水，定下的亲事也是门当户对的，翻过年来就该娶亲了。可世事难料，一场猝不及防的火灾偏在此时降临。

　　火灾是腊月二十八那天后半夜里的事。

　　进入腊月，豆腐店就比之前更忙了，本地有做豆腐过年的习俗，无论是有钱的还是没钱的人家，都要赶在年前把秋天收的黄豆拿到豆腐店里加工，做成老豆腐。这些老豆腐一半冻起来，留在过年时待客吃用，另一半切成片，在滚沸的热油锅里过一遍，炸成两面金黄酷似糍粑的样子——这叫发豆腐。

　　发豆腐可以存放，放几个月也不会坏，一层一层码放在滚圆肚子的陶罐里，灌进

※ 过年做的发豆腐

加了盐的凉白开，将发豆腐全部淹没后，再压上两块扁圆的石头，不让发豆腐浮在水面，再盖上盖子，吃的时候取几块出来，切成细条，加半碗冬天腌制的冲菜，略微翻炒一下，便是一道特别开胃的菜了。

"豆腐王"家的豆腐公认的好吃，来加工豆腐的人家也就多，从早到晚连着通宵，一时一刻也不歇地做，还是忙不过来。之和的大姐夫多请了两个帮工，换着班做，就算这样人还是疲劳得很，一到后半夜就困得睁不开眼。

腊月二十八是豆腐店一年生意的最后一天，做完这天就再也不收黄豆加工了，一直到过完正月十五，豆腐店再打开门，放一挂开门炮，重新开始一年的生意。然而就在这天后半夜却出了事故——大姐夫也是困极，加工完最后一家的豆腐，没有仔细检查锅灶里的柴火，就和帮工把门关上回了家。

没有人知道火是什么时候烧起来的，等到发现时已来不及扑救，只听得噼噼啪啪一片爆响，火焰如放出瓶子的魔鬼，冲天而起，露出疯狂的面目。

火扑灭的时候天已微亮，七八间烧成焦炭的房子东倒西歪，在风里发着抖，怕冷似的吐着一团团烟气。豆腐店烧了个精光，还殃及了隔壁几户人家，所幸的是没有出人命，屋里住着的人都及时跑了出来。

四

火灾的第二天之和的母亲病倒，水米不进，很快到了神志昏迷的状态，没熬几天就去世了。当地有这样的风俗，长辈去世，三年之内家里不能有婚嫁之事，除非红白喜事一起办。出殡前一天，大姐夫和族长商议好，把周姑娘用一顶小轿接过来，让之和与周姑娘在母亲的棺材跟前磕了三个头，算是成亲。

若不是这场火灾，之和的婚事一定会是热闹而隆重的，亲友与街坊会川流不息地送来贺礼；之和家呢，会摆下几十桌宴席，敲锣打鼓，穿过整条街，用八抬花轿把新娘迎娶进门。而现在，因为这突来的变故，一切只能从简了。

婚后的之和每日在家读书，为母亲守孝，很少出门，家里的生计仍由大姐夫操持着。大姐夫是个有担当的男子汉，不仅如数赔偿了受火灾连累的人家，还借钱重修了自家的店铺。

一年后，门面一新的豆腐店开张了，之和的妻子用布巾包了头发，系上围裙去店里帮忙，和大姐一起起早摸黑地磨豆浆、做豆腐、卖豆腐。

三年孝期守满，过完元宵，之和便收拾行装，怀里揣着亲友资助的盘缠，在料峭春寒中踏上了去往京城赶考的路程。

会试在礼部举行，称为礼闱，因为是春天，又称春闱。参加会试的是举人，取中后称为贡士，之后再参加由皇帝亲自出题的殿试，夺魁者就是金榜题名的进士了。

去京城头天的晚上，之和从大姐那里得知了一件事，原来十九岁那年参加乡试时，大姐夫之所以一同前往，是为之和能顺利考中暗中助力。族长早就知道这里面的道道了——要想中举，光凭满腹诗书是不行的，还得走一些门路，打点打点考官。

族长把这个路数透露给之和的大姐夫，说之和是王氏子孙中才学最为拔尖的，如能中举，不仅在街面上为自家挣了一把脸面，也是整个王氏家族的荣耀。听了族长这一番言语后，大姐夫二话不说，把准备用来盘店面的银两全部带上，去南京，找到一位在那里经商的本家亲戚，由他领着去拜见了考官。

大姐说这事原本是不想让小弟你知道的，可我思来想去，觉得还是应该告诉你，让你心里有个数，这番去京城赶考，家里是帮不上什么了，一切都得靠你自己，能考上是你的造化，考不上就早些回家。

那晚之和差不多整夜没合眼，翻来覆去睡不着，干脆起床洗漱吃了妻子做的溏心蛋，不等天亮就上路了。

转眼就是春末，会试放榜，之和没有在榜上看到自己的名字，带着惭愧之情，疲倦不堪地回到家来。家人倒没显出多么失望，只

※ 仙源直街一瞥

说平平安安回家就好，反正还年轻，一次考不中下年再考就是。

第二年过完元宵节，之和筹了些路费，入京再试功名，还是落榜。

两次赴考，之和都住在安徽会馆里。安徽会馆在北京前门外延寿寺街羊肉胡同，出胡同不远就是街道，两边净是店铺，人来人往，热闹得很。让之和感到奇怪的是，这么多的店铺，卖什么的都有，就是没有卖豆腐的。习惯早起喝一碗豆浆的之和从街口走到街尾，也没有找到一家豆腐店。

之和就是在此时动了开店的心思——下次赴考时，不如让妻子与自己一道入京，在街边开一家豆腐坊，一边做着生意，一边等待放榜，如果还是考不中，也不用急着赶回去，就留在京城，待来年再考，这样既省了往返的盘缠，生计上也有了着落。

之和把想法告诉了家人，家人听着也都觉得这主意不错，东借西凑，给之和筹了些开店的本钱。

 清康熙八年（1669年），之和在京城的豆腐坊正式开张了。长方形的布幌挂在豆腐坊门口，上写"致和祥"三字。店名取之和名字的谐音，也有"和气生财"的意思。

做豆腐的事之和并不陌生，从小就在豆腐店里看着，耳濡目染，不用学也会了；加之妻子又很能干，把前几年跟在大姐身边学的手艺施展出来，做出的豆腐豆干口感细腻，味道也是没话说。

礼闱一次次的失利，使之和深感科举之路的艰难，渐渐地，求取功名的心也就淡下来了，挑灯夜读变成了挑灯夜磨，把精神力气转移到眼前的生计——豆腐坊的经营上来。

之和觉得凭着自己和妻子两个人的力量，一天做几板豆腐只能是糊口的小买卖，要想把生意做出点名堂，就得有一样独具风味的招牌货，用招牌货把"致和祥"的名气做出来，再多招人手，扩大店面。

用什么来做"致和祥"的招牌货呢？

之和苦思一天也没个头绪。晚间吃饭，妻子端出一盘面饼、两碗米粥、两碟子小菜。之和端起粥碗，将筷子伸向其中一只装着豆腐乳的碟子时，突然像被施了魔法，手悬在空中，愣愣地定在那里，片刻之后放下筷子，眉目舒展。

碟子里的豆腐乳是妻子做的。

"致和祥"的豆制品虽说卖得不错，偶尔也会剩下一些。天气热的时候，妻子会让之和把当天剩下的豆腐送到附近的寺庙里去；若是冷天，就按老家的方法，把豆腐切成小方块，码放在铺了干净稻草的竹匾里，使其发酵，直到长出细密的菌丝。

※ 仙源古镇麟凤桥

※ 仙源千年古桥八甲桥

长出菌丝的豆腐就是腐乳坯子，很像刚出壳的鸭仔，毛茸茸，煞是可爱。

接下来的事情就是准备两只碗，一只陶土坛子。碗里分别盛着椒盐和辣椒粉，有五香粉的时候也可以掺上少许。用筷子夹起一块腐乳坯子，椒盐碗里滚一下，辣椒粉碗里滚一下，待坯子表面沾满调料就可入坛。

腐乳坯子全放入坛后，倒一些白酒进去，弄妥了，覆一片洗净晾干的荷叶，再把坛口严严实实地扎紧，封起。

之和长年吃着妻子做的腐乳，觉得比大姐做的还要好吃。有时

※仙源西门羊角河

之和的妻子也会送几块腐乳给左邻右舍，邻居们也都说好吃，尤其是拿做好的面点蘸上腐乳，入嘴嚼食，"简直盖了帽儿"，老人小孩没有不喜欢的。

第二天，之和去街上买来几只青花小罐，把家里的豆腐乳分装进小罐里，送到安徽会馆。

安徽会馆是皖籍官员和富商的聚会之所，在此听戏、会友、议事的人络绎不绝，还经常举办酒席宴请京城的达官贵人。之和曾寄居于安徽会馆，与会馆的后厨管事私交颇好，没费什么周折，就让青花小罐装着的腐乳上了宴席。

那些达官贵人日日赴宴，已吃腻了珍馐美馔，忽见一碟看起来貌不惊人，闻着又有些不同寻常的小菜摆在面前，忍不住好奇心的驱使，用筷尖挑了一点，置于舌尖，霎时，迟钝的味蕾兴奋起来，难以言说的奇妙味道在口腔弥漫，鲜劲直入肺腑。

豆腐乳很快就博得了食客的青睐，味鲜之名也不胫而走。很快，

※ 仙源南门河

就有采办打听"致和祥"的位置，上门购买了。

《后汉书》里有句话叫"失之东隅，收之桑榆"，这句话用在之和身上是再恰当不过了。凭借小小的豆腐乳，"致和祥"的生意忽而有了兴隆之势，日间往来的客户络绎不绝，虽说豆腐坊做的是微利生意，由于购买量大，获利也颇丰厚。

决定把自己的名字改成"王致和"就是此时的事。之和去京郊的窑坊定做了一批外观精致的土陶坛子，无论坛子大小，装上豆腐乳封口后，一律贴上"王致和"的红纸标牌。

自此，王致和的名字就和他的豆腐乳分不开了。

六

没过几年，"致和祥"在京城就有了分店。

分店是王致和为安置他的大姐和几位乡邻开的。那几年太平县连连遭灾，先是旱灾，后来又是水灾，街上一半店铺关了门，生计成了问题，只有出来找活路了。

大姐家的豆腐店也关门了，没有黄豆作原料，豆腐店自然也就开不成。

这之前的一年，王致和带着妻儿回老家省亲祭祖时，就曾劝说大姐和姐夫随他一同去京城开店，"致和祥"的生意已做出了名气，每天还没开张就有人开始在店门外排队，专等着买他家的豆腐乳。

※ 仙源老街

京城的平民百姓日常以窝窝头为主食，窝窝头是玉米面做的，吃在嘴里没什么味道，天天吃更是觉得味寡，引不起食欲，可只要抹上之和家的豆腐乳就不一样了，立马变成了鲜咸可口的美食。

当时胡同里就有这样的顺口溜："窝窝头就豆腐乳，吃起来没个够。"然而总有一些人排了很长时间的队到最后还是没买上，这令王致和感到很是抱歉，又没有办法，"致和祥"的豆腐乳总是不够卖，因为人手不够，一天只能做那么多。

唯一能解决这问题的办法就是扩大"致和祥"的门面，增加帮手，并且是有经验的帮手。

王致和对大姐和姐夫说，老家这边年成不好，生意也不景气，不如就跟我一道走吧，去店里带几个徒弟，等徒弟们把手艺学好了，你们就什么也不用做，舒舒服服地听听戏，逛逛园子，喝茶享清福。

王致和的劝说没有奏效。大姐说祖上留下来的房子和店铺不能丢下不管，再说自己也老了，黄土埋了大半截，不想挪窝了。王致和见劝说不动，就留下一些银钱，说我先把路费给你们留着，什么时候想去就去。

没想到第二年又是灾年，虽说县衙也开仓放粮了，可灾情太大，街头随处可见面呈菜色的饥民，乡郊四野一片荒芜。

豆腐店真是到了开不下去的时候了。大姐两口子商议着，不如把家小带去京城投奔小弟，老家的房子先请本家亲戚照看，等年成好了再回来。

大姐一家收拾了行李，准备动身时，几个平日里相处不错的乡邻也抱着包袱来了，说要和他们搭伴一道走，县衙里分的那点粮食是不够吃的，与其在家死守，不如去外面谋个生计。

这一行十几口人长途跋涉，来到京城时已如乞丐般衣裳褴褛。所幸的是费尽波折之后终于还是找到安徽会馆，再由会馆的人引路，找到"致和祥"。

一个月后，"致和祥"分店就开起来了。王致和提笔为分店写了一副对联："可与松花相媲美，也同虾酱作竞争。"

这对联也算是王致和给自家的腐乳做了个广告。

分店开业不久王致和又遇到一件事。一个自称是王致和老乡的人找上门来，原来这人也是安徽籍的举子，姓孙，参加过两次春闱皆是落榜，身上的盘缠也用完了，返不了乡，便想让王致和帮他找个顺路的驿车回家。

王致和看这老乡举止儒雅，一身文人的清气，就像看见当年的自己，便把他引到屋内，让妻子斟上茶水。王致和问孙举人家里还有什么人，孙举人说父母已不在世，有两个哥哥也都各自成家分开过日子。王致和说既如此就不必急着回家，留在这店里，等明年春天再应考吧。

孙举人见王致和没有犹豫就收留了自己，自是感谢不尽，在店里住下，白天帮忙做些杂事，晚上对灯看书。王致和除了有几个姐姐没有兄弟，自从与孙举人相识之后，言谈趣味都很投合，彼此相待也是兄弟般的情谊。

一晃又是春天。

这年春天有两件喜事：一是孙举人终于金榜题名，考中了进士。二是"致和祥"的豆腐乳传入紫禁城的御膳房，成为宫廷上下都很喜爱的开胃菜肴。

豆腐乳传进御膳房也是很偶然的事。

有天暮晚，王致和从外面回来时，一进门便被大姐叫住了。大姐告诉他，今天店里来了一个奇怪的客人，先是在店外排了很长时间的队，轮到他时，他却避开到一边，让后面的人先买。后来这个人就一直在边上站着。又过去很长时间，这个人才上前指了指坛装的豆腐乳，问了价格，又问怎么个做法和吃法，随后让店堂伙计打开一坛，拿来筷子，尝味之后不住点头。当店堂伙计问他是否买下那坛豆腐乳时，这个人却又摆手，说出门时匆忙，身上没带银钱。

　　王致和问大姐那客人长什么模样。大姐说客人的模样倒很端正，衣装打扮也是很体面的，临走时还让伙计把那坛豆腐乳留着，说回头会派人来买。

　　王致和说既然这样就留着那坛豆腐乳吧。

　　第二天一早，店里就来了几个宦官和皇宫当差装扮的人，将当天柜台上供应的豆腐乳全都买走，并且留下话，让王致和定期送上制好的豆腐乳到紫禁城的御膳房去。

　　一位年轻的宦官还低声对王致和说，皇上什么好东西没吃过，却偏偏喜欢上您家的豆腐乳，命御膳房常备此菜。您啊，就等着发财吧您呐。

※ 仙源古宗祠

王致和这才明白，原来昨天大姐说的那个奇怪的客人就是当今皇上。

康熙皇帝向来喜食豆制品，常吃的菜里就有"八宝豆腐""黄焖豆腐"，百食不厌。当他微服私访于京城街头，见到寻常的豆腐坊门前竟然簇拥了那么多人，不免好奇心起，也加入排队的人群，一探之下，才知人们是为那坛装的豆腐乳而来。

自从"致和祥"的豆腐乳进入御膳房后，康熙每日进膳皆以此佐食，几乎上瘾。某日兴致盎然时，还提笔赐给了豆腐乳一个好听的名字："青方。"

有了皇帝的赐名，"致和祥"的豆腐乳更是名声大振，外省的商人也赶着趟儿上门求购了。

康熙十七年（1678年），王致和在前门外延寿寺街路西买下一座大宅院，修缮后在正门挂上牌匾"王致和南酱园"。

王致和把亲人和老家来的乡邻们都搬进了园子，又请来七八位有一手绝活的名师，带着各自的徒弟和帮手在园子里住下，以各自老家的传统工艺制作豆腐、豆干，酿制酱料和腐乳。

"王致和南酱园"开业那天，已在朝廷任职的孙举人也带着随从来上门祝贺，并送上一份贺礼。

那贺礼是一副束着红绸的楠木柱联。

王致和与家人接下楠木对联，郑重地挂在门楣两边。对联由精细的刀工雕刻而成，上书十四个镀金大字："致君美味传千里，和我天机养寸心。"

这副柱联在南酱园门口一挂就是三百年，经历了几个朝代的风云变迁，至今仍在那里。

补记：据《宁国府志》记载，王致和经商发迹之后，不忘故里乡亲。当故乡遭遇洪灾，他曾捐巨资救济受灾的乡邻。无儿女者老病去世，他出钱为其办理后事。后来仙源城里修孔庙，王致和又买来贵重的金龙木材捐献。王致和是清初从安徽太平走出去的徽商，也是天都学院倡导的"知行合一、止于至善"理念最好的奉行者。

绿天长寂苏雪林

很多年前就读过她，一次偶然的遇见，还记得当时的情景，是落日熔金的傍晚，我独坐在湖滩的一块石头上，面向湖水，手里捧着一本《近代名家散文集》，集子里的每篇文章都附有作者简介，

※ 岭下苏村凤形山下

在一篇名为《收获》的散文下读到这样一段话："苏雪林，原名苏梅，字雪林，笔名绿漪。安徽省太平县岭下村（今属黄山市永丰乡）人，1897 年出生，曾留学法国，现居台湾。"我从石头上站了起来，呼吸紧促——苏雪林是永丰乡的人么，而永丰乡就在太平湖边啊，这么说，在我生活的地方竟出过一位作家，这实在是了不起的事。

我急于把我的发现与人分享，匆匆回到宿舍，将书伸到另两位同事面前，有些口吃地说："知道吗，这个作家，苏雪林，是我们这里的人哦……"那两位同事正在织毛衣，抬头漫不经心地扫了一眼。我当时的表情一定是失落的，她们对我激动的事毫不在意。

屈指算了一下，苏雪林已近百岁，她还在世吗？还住在台湾吗？永丰那个地方还有她的亲人吗？没有人能回答我的问题，在当时，我周围没有人知道她的名字。

大约两年后，我第二次遇到了苏雪林的文字——在书店买得一本《苏雪林自传》。我得到书时欣喜若狂，奔回家，举书对父亲说，知道么，这个作家是我们这里的人呐。父亲接过书去，啧啧感叹，真是啊，岭下苏村在解放前有个地主叫苏百万，可能就是苏雪林的家族。

自传是苏雪林八十多岁时写的，书里有她的成长过程、留学经历、在台湾的治学生活，婚恋方面极少涉及。

一个作家的自传若是避开了情爱，便寡淡了颜色与滋味，是不能令饥饿的读者满足的。一个作家的情史很多时候比作品更叫人关注。我渴望能够读到她的小说，我知道很多作家会把自己的身世输送到小说中，借着那个虚构的人物来表达刻骨的情感。可惜的是我买不到她的小说，书店里没有她的作品集，

※ 苏雪林年老时照片

而与她同时期的作家——丁玲、沈从文、冰心、徐志摩……他们的作品集是随处可见的，不明白这是什么原因。

那本《苏雪林自传》在读过之后，便被一位同事借去，辗转几手不知去向，令我扼腕痛惜了很长时间。

1998 年，突然的一天，苏雪林的名字像礼花一样在夜空绽放开来，本地的电视、广播、报纸、街头巷尾，处处能闻听苏雪林的名字，与之所附的词汇是"文坛宿将""著作等身""荣归故里"。原来，她是要从台湾回来探亲了。

终于见到了她，在电视上，我和父亲近距离地坐在电视机前，看着那个已被媒体白热化了的老人，怀抱着鲜花，在众人的拥簇中，

在纷至沓来的话筒前，沉默地坐在轮椅里。她的头发全白了，是尊贵的银白，她的面容是典型的祖母形象，却没有笑容，有些呆滞，在一双殷勤的手伸到她胸前替她整理披肩时，她蹙眉，不耐烦地避了一下，这个表情瞬间击中了我，仿佛窥到了她内心脆弱的真相。她太老了啊，百岁老人，如何能应付得了这样的俗世喧哗。

她被轿夫抬着上了黄山——她在豪华游艇上坐着游了太平湖——她回了永丰岭下苏村，在老家的房子里（据说是她新婚时住过的房子）过了夜——她流了泪，因为想到从前的时光——她拥抱了住在村子里的老妪们——她祭了祖，用乡音喃喃念叨，妈妈，我回来了。

我每日在电视机前关注着她在大陆的行程，直到她返台，但我不再与人谈论她，她已经不属于我了，当她被大众拥有时，她就远离了我的私人情感。

书店里又进了一批《苏雪林自传》，码在显眼的地方，我的目光在书脊上抚摸了一阵，没有再买。

1999年，苏雪林的名字再次盛如礼花，她已经去世了，骨灰从台湾运回故里安葬，墓地就在苏村的凤形山下，褐色大理石墓碑镌刻着八个大字：棘心不死，绿天永存。这一次的返乡仍然有隆重的仪式，有鲜花和爆竹，只不过此时喧哗无须苏雪林的回应，她已归于永生寂静，除了留存在世的文字，不需要再发出任何声音了。

也就是这一年我读到了她的作品集，集子里有她的自传体小说《棘心》，书信体散文《鸽儿的通信》，笔记体散文《绿天》《我们的秋天》，以及对五四时期众多作家的评论。

我连着读了两个白天一个黑夜，潜入她的文字，在她对家乡景物的描写里感受着贴心的亲切。是啊，是那样的，她所描写的正是我所熟悉的——"我们在岭头上便望见了我们的家，白粉的照墙，黑漆的大门，四面绿树环绕，房子像浸在绿海中间。""几番秋雨过后，溪水涨了几篙，早凋的梧楸飞尽了翠叶，金黄色的晓霞从树丫树隙里泻入溪中，泼靛的波面便泛出彩虹似的光。""九华山影

※ 岭下苏村的猫

浸在银灰的幽辉里，澹白到成为一片雾光，远远望去几乎疑心是水晶叠成的。"

我用笔在这一段段的话下画出横线，感觉她回到了我的私人情感，她又属于我了。

苏雪林的情爱在《棘心》中果然有着细腻的书写。这本书是二十世纪初一个中国女性留学生涯的真实记录，也是一个旧式女子脱胎换骨成新式女子的心路历程。

苏雪林和张宝龄自幼便由家庭做主订了婚，他们两家是世交，算得上门当户对。若是苏雪林如她父母所期，读完省立女子师范后

※ 苏氏宗祠远景图

便和张宝龄完婚，当个
小学教员，做个收心敛
性的妻子，应当会有不
错的家庭生活。只是苏
雪林强烈的求学欲使她
成了父母的叛逆。她拒
婚，私自报名赴法国留

※ 苏氏宗祠古锁

学的考试，直到考取后才告诉父亲。可贵的是，父母在这个时候没
有再阻止她求学的心，同意她将婚期延迟。和同时代的女性相比，
苏雪林是幸运的，她的每一步虽然都有着与旧式家庭的抗争，但她
的亲人们最终以爱迁就了她、成全了她。

我不能不想到另一个女子，那个比苏雪林还小十多岁的黑龙江
女子——萧红。萧红的境遇可谓悲惨，与封建家庭的抗争，使萧红
的求学之路没有经济支援而陷于困顿，被迫停学返家，然后是一系
列的不幸遭遇——怀孕、被遗弃、濒临绝境……萧红与苏雪林的成
长背景有相同之处，却因各自家庭不同的态度而有了不同的命运。
当然，这也可能是因为萧红的娘亲早逝，缺失了母爱恩宠的萧红，
流离失所也就在所难免。

在《棘心》中，苏雪林笔墨用情最深的人就是母亲。"棘是一

※ 苏氏宗祠结构图

种难以生长的植物，棘木初生为棘心，世人多以人子思亲之心为棘心那样稚弱，需要靠慈母的养育才能成长，故称人子思亲之心为棘心。"然而慈母之爱有时又是这样矛盾，一边全力支援着她在外求学，一边又痛苦地召唤着她回到身边。苏雪林的心中更是矛盾重重，对母亲的爱既依赖又渴望挣脱，"母亲每次写信劝我回国，我回信却动不动宣布我要留学十年。十年！在慈母听来，真是刺心的一剑。后来听见大姊说：母亲每次接着我的信便要失望流泪，一连难受几日。后来我愈弄愈不像了。为了我的婚姻问题，我几次写信和家庭大闹，所说教母亲伤心的话确也很多"。

留法时期的苏雪林是一个精神处于焦灼中的"问题青年"。对故国，对家乡，对母亲，对未婚夫张宝龄，以及对后来皈依的天主教，她的情感都是纠结着的，一面抗拒，一面又热烈地怀慕。这些其实都源于东西方文化、新旧文明的差异在她身上的冲撞。她思想的根基属于东方，恪守着传统的道德观念，有着深重的家国情结，而新文化运动的浪潮和异邦的文明又像空气一样，包围着她，洗涤着她，令她无所适从。"这是一个青黄不接的时代，旧的早已宣告破产，新的还待建立。我们摸索，索巡，颠踬，奔突，心里呼喊着光明，脚底愈陷入幽谷。现实与理想时起冲突，精神与肉体不能调和。天天烦闷，忧苦，几乎要到疯狂自杀的地步。"苏雪林的精神状态也是与她同时期留学生的共同状态，是苦闷的，彷徨不安的。

苏雪林在法国留学的时候，张宝龄在美国麻省理工大学留学。他们从未见过面，只执有对方的照片。他们通着信，信的内容却没有情书的热烈与缠绵。苏雪林虽然曾经拒婚，但她并不是要彻底否定婚约。事实上，苏雪林的心里对张宝龄是认可的，并以古典婉约的情怀眷恋着他。

对待情爱，渴望做个新女性的苏雪林完全是一副旧式女子的态度，讲究的是贞固不移。身边的男性向她递来玫瑰花时，她总是装佯着，当作没看见；而当年轻浪漫的心终于抵挡不住春水汹涌的袭击，

※ 苏雪林赴法留学时期照片

摇摇欲坠，面临决堤时，她便拼命地投之以理性的沙袋，堵住危险的缺口，"理性和感情的冲突，天人地交战，使醒秋（苏雪林）陷于痛苦的深渊，两个月以来，上课早已无心听讲了，像一只负伤垂死的野兽……"这是一个人的战争，是两个自我在内心里搏斗，无论哪一个自我胜利，都会有另一个自我身负重伤。

当苏雪林的情爱受到他者的侵入，难以把持的时候，她多么希望能够从张宝龄那里得到力量来坚固心堤，可张宝龄对她来说犹如一座冷峻的远山，笼在雾中，若隐若现。她看不见他的真面目，探视不到他的内心，不能确定他是不是能与自己相爱的男子。她对他所有的印象都来自父母的描述，那些当然是茂密的赞词——称得上卓越。

通常，我敬仰一个人是因为这个人身上的优点，爱一个人却是因为这个人身上的弱点，在弱点上看到了共同，找到了融入对方的缺口。阅读《棘心》的时候，我常能看到苏雪林性格上的弱点，她任性，我行我素，过度自尊，敏感，紧张，多虑。这些弱点的表现，使得她与未婚夫的交流总是出差错，不能有心灵的共振。

尽管如此,她丰富而娇嫩的情爱,仍然是渴望交托给张宝龄的。她在给张宝龄的信中投注过自己的热烈,试图唤起张宝龄同样的热烈,但她失望了,受伤了,生出怨愤。一个心气颇高的女子,在自己付出的热情没有得到回应时,那热情就迅速变成冷剑,笔直地刺向自尊。她的热情没有能感染他,反倒是他的冷漠影响了她。他们的通信变成了相互的负担,勉强应付。

在苏雪林留学期间,她的家中连遭灾难——长兄去世,次兄身残,老家屋舍被土匪洗劫,母亲的身心因此受到致命的打击。苏雪林再也不能硬着心肠居停在法国了。留学的第三年,她返回了故乡,回到忧劳成疾的母亲床前。"海上有一种鸟,诗人缪塞曾做诗赞美过,那鸟的名字我忘记了,性情最慈祥,雏鸟无所得食,它呕血喂它们,甚至啄破了自己的胸膛,扯出心肝喂它们。我母亲便是这只鸟,我们喝干了她的血,又吞下了她的心肝。"面对病入膏肓的母亲,苏雪林心如刀割,对自己曾经带给母亲精神上的摩虐自咎不已。

苏雪林满足了母亲的心愿,回国半年后与张宝龄在老家完婚。不久,母亲便卸下家庭的沉重负担,带着败絮之躯离开了人世。

《棘心》结尾在母亲去世之后,以一封信的内容落下帷幕,这是苏雪林在老家办完母亲的丧事后写给张宝龄的信,措词语气是温柔哀婉的:"去年我们在乡下度着蜜月,那时我对你的误解还没有完全消释，你对我也还是一副冷淡的神气——这是你的特性，我现在才明白——但在母亲前我们却是很亲睦，母亲看了心里也有说不出的欢喜，更感谢你的，你居然会在她病榻旁，一坐半天，赶着她亲亲热热地叫'妈'。母亲一见你，那枯瘦的颊边便漾出笑纹……我大约明后日出山，相见不远，请你不要挂念我。我们过得和和睦睦，母亲在天之灵，也是安慰的。"

《棘心》出版于1929年，这部小说成了她的成名作，风靡一时，与冰心、凌叔华、丁玲等一批女作家媲美文坛。而在这本自传体小说之前的一年，《绿天》也已出版。

十年前阅读《绿天》，我在她描绘自然的片段里时有惊艳的感觉。"一张小小的红叶儿，听了狡猾的西风劝告，私下离开母枝出来顽玩，走到半路上，风儿偷偷地溜走了，他便一跤跌在溪水里。""水初流到石边时，还是不经意地涎着脸，撒娇撒痴地要求石头放行，但石头却像没有耳朵似的，板着冷静的面孔，一点儿不理。于是水开始娇嗔起来了，她拼命向石头冲突过去，意欲夺路而过。冲突激烈时，她的浅碧色衣裳袒开了，露出雪白的胸臂，肺叶收放，呼吸极其急促，发出怒吼的声音来，缕缕银丝头发，四散飞起。""树木深处，瀑布像月光般静静地泻下。小溪儿带着沿途野花野草的新消息，不知流到什么地方去。朝阴夕晖，气象变化，林中的光景，也就时刻不同：

时而包裹在七色的虹霓光中，时而隐现于银纱的薄雾里。"这些文字如同图画——富有动感和情趣的图画，她以童真的眼光去看待万物，以神话的心境体会自然，这样，寻常也就变得不同寻常了。

《绿天》是苏雪林在新婚时书写的，也被称作新婚纪念册。彼时她与丈夫两情缱绻，生活中的点点滴滴都那么新鲜而有情味，柔情蜜意止不住地荡漾在字间，旖旎明媚，透着少女一样的清甜。《绿天》问世后，她被归为"闺秀派"也就理所当然。只是，一个人的文字在多年以后，很容易变成对自己的嘲讽，也容易变成岁月赐予的一记耳光，叫多年后的脸颊火辣辣地生疼。《绿天》出版的第四个年头上，书中恩爱的男女主人公就劳燕分飞了。

苏雪林有着一支浪漫的画笔，也有着一柄凌厉的刻刀，在她对同时期作家的评析文章里，这把刻刀的锐利处处可见。如果说苏雪林在小说和散文里表现的是"闺秀派"，在她的评论文章里表现出的则是"剑客派"了，身手潇洒，准确有力。她是个有见地且敢于直言的人，她的性子里有女儿性也有男儿性，于家于国她都是有着担当的。1937年，上海"八一三"战争发生后，她捐献价值六千余元的金饰物为劳军之需，爱国热忱可见一斑。而同时她还负担着长兄遗孤的养育，也负担着大姊一家的生活，在那个炮火连天的乱世，她肩上的责任是一个男人都难以承担的。

※ 永丰岭下苏村

以一个普通读者的眼光来看，《棘心》还是有着一些先天缺陷的，这也是很多自传体小说共有的缺陷——作者和小说叙述的心灵事件距离太近，这就使得小说语境不够平定从容，对人物内心的剖析虽然深刻却偏于主观，过于个人化的叙述也使得小说的视觉狭窄。相比之下，我更喜欢苏雪林的童话《小小银翅蝴蝶故事》，这也是一部具有自传性的作品，也可以说是《棘心》的童话版，只不过后者的时间跨度更大。

《小小银翅蝴蝶故事》是我最近在网络上读到的，读完之后，似乎有一扇原先紧闭的窗子被推开了，一些不解之谜也得到了解答。

多年前读苏雪林的自传时，我心里就埋下了一个疑问，她这一生有过真正的爱情吗？她活了那么久，离开张宝龄后一直单身着，她的爱，或者说情欲，寄托在谁身上呢？女人需要爱情犹如花园需要花朵，没有爱情的女人只能荒芜，哪怕那爱情是幻象，是不可触摸的虚无。而一个热衷文学和艺术的女性，对爱情的需求又会加倍于通常的女性。

我觉得一定有那么一个人，被她放在心里，隐秘地眷恋着、怀想着，滋长又吸收着她内心的灼热和妖娆。如我所料，这个人确实是存在的，只不过，出乎意料的是，这个寄托着苏雪林隐秘情感的人仍然是张宝龄。

"蜜蜂（张宝龄）诚然没甚可爱，但我爱的并不是实际的他，而是他的影子。世间事物没有十全十美的，而且也没有真实的美。你看见许多美丽的事物，假如钻到它们背后，或揭开它们的底子，便将大失所望。我们头顶上这一轮皓月，光辉皎洁，宝相庄严，可谓圆满已极，不过倘使你真的身到广寒，所见又不知是何情景，也许你一刻也不愿在那里停留呢。所以形质决不如影子完美。要想葆全一个爱情的印象，也该不细察它的外表，而应向自己内心推求。"——这是《小小银翅蝴蝶故事》临近结尾时的一段话，也是苏雪林对爱情的理解与自我表白。

其实在《棘心》将近尾声的地方，苏雪林也曾借着小说女主人公的语气，绘出了自己的爱情写真。"她不必和一个男人一起生活，她心里却可以爱一个男人，这男人是谁？还是叔健（张宝龄）。她已经深恨叔健了，为什么还爱他呢？……她所爱的叔健并非叔健本人，而是她理想所构成的神秘影子。这影子是她的幻想，她的柔情，她的爱，她的梦，一点一点塑造成功。这是她恋爱的偶像，她曾用心灵拥抱过，又以眼泪浇他的足，用头发去擦干。"

——这是多么悲凉的爱情画像，苏雪林之所以在晚年书写自传时不再提及，就是因为，她一生的苦涩情爱所系，不过是一个幻影。

所爱的幻影算不算真正的爱情呢？当我说出"真正的爱情"这

※ 苏雪林故居

几个字时，就觉得是个病语。什么叫真正的爱情？是投注感情最多的吗？是受伤害最深的吗？是时间最长的还是一生都不能忘却的？其实我们所爱的都不过是内心的幻影，我们将所能想象的美好加载在幻影身上，把幻影错认为是那个真实的人，热情地伸出手去拥抱，直到影像幻灭，直到两手空空才醒悟过来。

这些年来，我在书店中没有遇到过苏雪林的著作，我唯一拥有的仍然是十年前所得的那本作品集，是1989年安徽文艺出版社出版的"现代皖籍名家丛书"中的一本，书脊已经破了，像是被风吹开了屋檐的旧草棚。

这本书其实是我借来的，看完后舍不得归还，而主人又不曾来催讨，就一直待在我的书橱了，置于醒目的地方。这本书的末尾附有长长的"苏雪林著作要目"，我计算了一下，在她离开大陆前，共出版了十部作品。

苏雪林更多的作品是在台湾成功大学任教期间出版的，有三十多部。她后期的书著有小说和诗歌，更多的是学术研究类，这可能也是她虽被冠之"著作等身"，却少有书籍被置于大众书架的原因吧。

距离苏雪林去世已有十多年了，今年的清明之日，我又翻出她的书细读。阅读是一种很好的纪念方式，当我们在一个人的作品中行走时，这个人的灵魂就会复活，穿过岁月与我们对话。

老物什与旧时光

茶箩

在我们村子里，一户人家有几口人，只要数数他家有几只茶箩便知道了。

细心一点的凭着茶箩就可以看出这家有几个大人、几个孩子，甚至还可以估摸出这户人家男女的比例。

秀气一些的茶箩通常是女人用的，粗壮一些的茶箩自然是男人用的。小茶箩看起来颇像一件可爱的玩具，玲珑得很，模样和大茶箩倒没有什么差异，如同大人具有的肢体器官小孩也都具备，只是大小上的分别。

在乡下一个孩子够得着锅台便可拥有自己的小茶箩。

茶篓的脖根上有两
个对称的眼，一根粗麻
索的两端系牢在眼上便
是背带，讲究的人家会
用几种颜色的布条编成
粗绳——这样的背带又

※ 茶篓

柔软又结实，不会把肩膀磨得起泡。背着小茶篓的孩子跟在大人后面，
跌跌撞撞地翻过一座山坞，又翻过一座山坞，茶篓不时地磕着孩子
的小腿，猛不丁还会使个绊子，故意把孩子撂倒在开满细碎草花的
泥地里。

正月一过，田里的油菜就蹦出了细细的花苞，山上的杜鹃花也
在精心地打着苞儿，这时候茶农们便会扛起锄头去挖春山。所谓挖
春山就是给茶山松土，将那刚冒出头的春草锄去，以免它们恣肆地
疯长，吞没通往茶山的路径并抢去茶树的养分。

等杜鹃花将每一座山头燃得快要蹿起火苗来的时候，采茶的季
节也就到了，阁楼上闲置的茶篓这时会被请下来，排列在堂前，等
着主妇挨个儿抹去灰尘，系紧背带，一副精神灼灼整装待发的样子。

对我和哥哥来说背起小茶篓上山采茶的日子几乎就是假日，有
半个月的时间不用去课堂了，不用背课文，也不用理会那枯燥得要

命的数学题，我们像两只刚学会奔跑的幼兽，对展开在眼前的大自然新奇极了，兴奋地扑进去，在草地里打滚，在花荫里追着香气的翅膀，大口大口地品尝着春的宴席。

杜鹃花是春宴上的大菜，也是最丰盛的美味，一树挨着一树摆满了整面山坡，人在里面走着走着就迷了路，被施了幻术一般怎么也走不出去，索性采了一大捧杜鹃花在树下躺着吃起来。

野草莓是春宴上的另一道美味。野草莓的名字也叫梦子，长在树上的叫树梦子，缀在草尖上的叫地梦子，满山的梦子扑闪着红星星样诱人的光亮，高一声低一声地唤着我："小敏我在这里，小敏我在这里……"

野蔷薇的花骨朵也在春光里扬起粉红的脸来招呼我，但我对它过于精致的花瓣没有食欲，我更喜欢野蔷薇新抽出来的枝条，选那肥嫩多汁的折下，剥去鼓着细刺的外皮，入口大嚼。

四月蜜糖色的阳光晒得人浑身酥软，脸颊像喝了春酒般热得发烫。和我一道上山的哥哥早不知奔到哪个山坞去了，唯有亲密伙伴小茶箩一直跟在身边。我的肚子填得饱饱的了，小茶箩的肚子还是空的，什么也没有，伸着脖子看着我，很饥饿的样子。没关系，等会去父亲的大茶箩里抓几把茶叶就足够喂饱我的小茶箩了。

对于满山乱窜的孩子大人们并不担心，山野是孩子们的另一座学堂。每一块石头，每一棵树，每一株花草，都是亲切的老师，用它们的形状、颜色和味道教会孩子们自然的知识，并让孩子稚嫩的的身体变得敏捷和健壮起来。

也就是几个茶季的工夫，孩子就出脱得和大人一般高了，肩上背的不再是玩具样的小茶箩，换成了新竹篾编的大茶箩。

大茶箩伴随的脚步踏在山野里，撩起"咚咚"的回声。茶香馥郁，春深如海，年轻的心里向往的春之盛宴也有了更为丰富的味道。

椰 槌

徽州的村庄与河流是浑然一体的。河流并不宽阔，也没有汹涌之势，犹如一条缓慢流淌的道路，日头下闪着细碎的粼光，安静地穿村而过，每隔几户人家便会停下来，在一个为洗衣而挖的水塘里盘桓片刻。

水塘不大，清可见底，围着三四方洗衣埠。洗衣埠通常是半个桌面那么大的麻石条，稳稳地卧在塘边，生了根一样，人蹲在一头，衣服堆放在另一头，一件件地搓着、揉着，抡起椰槌梆梆地捶着。

※ 椰槌

蹲在洗衣埠上抡椰槌的都是女人。二十世纪八十年代以前，椰槌是徽州女人的嫁妆中必备的木质器物（此外还有百子桶、洗脚盆、澡盆），做椰槌的木料得选用上百年的黄檀。黄檀的质地坚韧，有弹性，耐磨损，对于要在洗洗涮涮中度过每天光景的女人来说，一只好木料的椰槌如同一个得力的帮手。

村子里的老人说，一个女人的性子怎样，光听她抡椰槌的声音就晓得了：性子憨（好）的女人抡出来的椰槌声像鸣鼓，听着安心；性子暴的女人抡出来的椰槌声像追命棍，听得肠子都会绞起来。刚过门的女人在河里洗衣服总是害羞得很，头低垂着，不敢看人，抡椰槌的手也像是举不起来，软款款地落在衣服上，几乎听不到声响。于是便有一番评论在村里传开：这新娘子是憨性子的，看她抡椰槌的样子，怕把衣服捶痛了呢。

日头爬上山冈，把光芒落在河面，村里的男人放下饭碗，扛起锄头到地里去了，女人则把要洗的衣物用竹篮装好，挎在胳膊弯上，空着的手拎起靠在门廊的榔槌，向河里走去，因为使力的缘故，挎竹篮的一侧会绷得紧一些，腰身好看地倾向另一侧。

离河近的人家出门下几级台阶便到了河边；离河远的也不过走上五十步的样子，再下几级台阶，到了洗衣埠。

洗衣埠是女人们洗衣服的地方，也是女人们播报"每日新闻"的地方，面对面或并排蹲着，手里不停地搓揉，嘴里不停地拉呱，有说婆婆不是的，有说媳妇不是的，也有抱怨男人和孩子的，妯娌之间的是非纠葛更是热门话题，那调门一会儿高，一会儿低，一会变成戚戚私语，话题转来转去，最后总会转到村里某个男人和女人的私情上。有时正说着某个女人，那女人刚巧就拎着一篮衣服出现在河边——仿佛是谁唤来的。洗衣埠上的女人看到后脸色一变，赶忙剪断了话头，抢起榔槌慌乱地捶起衣服，由于用力过猛，那榔槌几次捶到石头上去了，震得虎口发麻。被谈论的女人在一方空着的洗衣埠上蹲下，边上的女人便讪讪地找话与她搭腔，一面瞅着她的脸色，试探刚才的谈话是否已被她听到。

洗衣埠上的谈话声是长了翅膀的，榔槌的声音再大也掩盖不住，不出一刻，那些话就从村头飘到了村尾，一些恩怨也就暗暗地结了下来，像一股惰性气流在村庄的上空淤积着，隔个十天半月，这股气流会突然被激发，掀起一场不大不小的战争。

战争中的男人和女人（女人与女人）一开始也没想把动静闹大，可围观的人多了，就觉得一下子散了很不像话，怎么样也得斗几个回合，决出个输赢才能收场。

赢了的一方未必就是有理的，只是口齿上的功夫厉害罢了。输了的一方或卷起换洗衣服，回娘家小住一段，或把家里该洗不该洗的衣服撩了一堆，拎到河边，抡起椰槌死劲地捶，要把一腔子怨屈通过椰槌捶出来。椰槌声在河谷里激起很大的回音，如同一个人的头不停地磕在石壁上，"空、空、空、空……"整个村庄都听得见，实在有些惊心。

鸡罩子

山区多竹海，日常器物也多为竹制，小到竹碗竹筷，大到竹柜竹床，举目之处皆是竹的族亲。竹的柔韧使其具备了几乎无所不能

※ 鸡罩子

的可塑性，惊人的繁衍与生长速度又使其像聚宝盆里的银币，有源源不断之势。

鸡罩子也是竹制的，将冬天砍回来的毛竹剖成半寸见宽的篾条，剔去篾黄，留下篾青。篾黄是竹心的部分，质地较脆，易断裂，制成器具是不耐用的，放入土灶引火烧锅倒是绝好，一点就着。

取一根篾青片剖成三股细条，挽成一道直径两尺的篾箍。以篾箍为基础，将其余的篾青片或横或斜、或疏或密地编织其上，直到具有了"罩"的形象与功用。

鸡罩子是用来罩鸡的，是鸡的囚笼，也是鸡的保护伞。当然并不是所有的鸡都要用罩子笼起，只有那些刚出世的、稚嫩的、不具备自卫能力的雏鸡才需要罩子的保护，将其与外界的危险隔离。这危险或来自天空——那俯冲下来的鹰爪，或来自某个角落里吞着口水不怀好意的黄鼠狼。

春天，一个雨后初晴的日子，天气骤然变暖，巢房里死气沉沉的蜜蜂被兜头而至的油菜花香激活过来，迫不及待地倾巢而出，扑向田野。万物在融和的春意里渐次苏醒，纷纷伸张肢体，开始殷勤而秘密地孕育起新一轮生命。

整个冬天无所事事的母鸡们这时也相继下蛋了，午前午后总能听到它们的咯咯声，此起彼伏，像是痛苦又像是幸福的呼号。没过几天，有两只母鸡突然就焦躁起来，羽毛凌乱，不思饮食，霸着下蛋的窝又不肯下蛋，喉间的声音也变得粗哑难听——这是两只生理上有了孵蛋欲望的母鸡，用奶奶的话来说，这两只母鸡已变成"哺鸡婆"了。

奶奶在两只"哺鸡婆"里选了一只体格富态的，将之移居到阁楼上早已备好的"育儿房"里。"育儿房"是一只大竹筐，里面垫着干稻草和旧棉毯，棉毯上卧着十几只精心挑选的带雄蛋。

另一只没被选中的"哺鸡婆"可就惨了，奶奶捉着它的翅膀拎到河里，在冷水中呛了几个来回，谓之"醒鸡"，回家后又被奶奶用一根红布条缚了双腿，拴在后院一块大砖头上，直到它发出的声音表示已回心转意，不再有孵蛋的欲念了，才得以松绑。

被选中的准鸡妈妈日子并不舒坦，要在与鸡群隔离的"育儿房"里寂寞地卧上二十一天，除了排泄和进食，片刻也不能离开身下的鸡蛋，进食的时间也不再像以往那样随心随意，一天只能吃一顿，在鸡罩子的囚禁里进食——这是主人加了小心的防范，防其突生悔意，离蛋而去。

奶奶估摸着准鸡妈妈吃饱后就将鸡罩子拿开，准鸡妈妈径直走到大竹筐跟前，极其小心地蹲上去，铺开双翅，将十几只鸡蛋全部揽在腹下，嘴里发出慈爱的咕咕声，那腔调仿佛是对自己还未出世的孩子们说：放心吧，宝贝，我不会离开你们的。

在孵小鸡的这段日子里，家里的小孩是不许上阁楼的，也不许弄出突兀的声响，但是小孩哪里能忍得住好奇呢，放学回家第一件事就是到阁楼上去，屏着呼吸，猫着腰，借着天窗的光线看向那只大竹筐。准鸡妈妈入定了似的一动不动，偶尔抬一下翅膀，用爪子轻轻地翻动着身下的鸡蛋。

十天过后，奶奶会趁着准鸡妈妈在罩中进食的空当里"过蛋"。

所谓"过蛋"就是打一盆温水，把棉毯上的鸡蛋放入水中，若有蛋沉底就意味着发育不良，不能孵成健康的小鸡了，得淘汰掉。

而那在水面漂浮并颤巍巍滚动的蛋则被奶奶欢喜起捞出，擦干，重新放入"育儿房"。

小鸡出壳的那天是家里的大日子，如果恰巧又是周末几乎就是节日了，奶奶清早就守在阁楼上，小孩则死乞白赖地要跟在奶奶身边，并答应绝不弄出乱子。

第一只小鸡啄破蛋壳，挤出脑袋和肩膀，用力一挣，出来了，小眼珠子乌黑清亮，湿漉漉的身子看起来却有些滑稽，摇摇晃晃地站起，又跌倒，又站起，很快就钻到温暖的母腹下去了。

第二只快出壳的小鸡也在不停地啄着蛋壳，颇费力的样子，鸡妈妈伸嘴帮着啄壳，既轻柔又小心，喉间发出鼓励般的咕咕声。蹲在一边的小孩很想帮忙，手刚触到蛋壳就被鸡妈妈狠狠地啄了一口，赶紧缩了回去。

很快，十几只小鸡都出壳了，唧唧的叫声像幼稚园里的孩子一样活泼整齐，也有两只最终没有能够挣出蛋壳的小鸡，奶奶从棉毯里取出那弯在蛋壳里带着血丝的小小身体，埋入菜园。

等油菜花结出籽荚的时候，鸡妈妈已带了一帮毛茸茸的小鸡在后院里晒太阳捉迷藏了。有鸡妈妈看护着，鸡罩子似乎并没有什么作用，但是暖烘烘的太阳当头照着，很容易让鸡妈妈打瞌睡，有几只小鸡就是这样的时候被老鹰叼走了。

　　奶奶决定还是用罩子将小鸡连同鸡妈妈罩起来。罩子的上半截是镂空的，透光，透气，老鹰在屋顶盘旋了半天，眼巴巴地看着笼中之物，奈何无法伸爪，终于死了心，失望地飞入山林。

　　直到小鸡长出硬羽奶奶才将它们放开。过了两天，鸡妈妈忽然像从一场大梦中醒过来一般，全然遗忘了"妈妈"的身份，离开已学会自己找虫吃的小鸡们，毫不留恋地回到生蛋的鸡群里去了。

摇　篮

　　摇篮大约是一个人落地后最早使用的物什。

　　制作摇篮架子的木料是有讲究的，得选用上了年头的柏仔树或桃树。柏仔树含有"百子千孙"的意思；桃树据说能辟邪。在村庄古老的风俗里，柏仔树和桃树都被当作吉祥的象征，种在房屋边上能使家族兴旺，制作成器具则能护佑使用者的平安。

　　编摇篮的竹子也是要精选的，两年的毛竹韧性最好，时间长的就老了。竹子剖成篾丝前先在石灰水里浸泡一下，这是为了防止生虫，也有篾匠会把竹子剖成篾丝后用醋涂一遍，也能防虫。

※ 摇篮

　　编好的摇篮看起来就像一个椭圆形的大箩筐，当然在工艺上要比箩筐精细得多。摇篮放进架子的木槽里后，垫上干爽的稻草、棉垫、尿片，就是平稳而舒适的婴儿床了。

　　给婴儿置办摇篮的事是由外婆来做的，除此，外婆还得在婴儿出生前准备好小棉被、小肚兜、小鞋小袜、小帽子和足够多的尿片。

　　母亲说我小时候没有睡过摇篮，我的外婆在母亲十八岁的时候就去世了，来不及给十多年以后出世的外孙女准备这些物什。大我一岁的哥哥倒是睡过摇篮，是父亲向邻村人家借来的，一年后那户人家也有了新出生的婴儿，父亲就把摇篮送了回去——在乡村的风俗里，借出去的摇篮是不能讨回来的，必须由借的人家主动送回。

不知道是不是因为在婴儿期里没有睡过摇篮的缘故，直到八九岁我还有摇篮情结，很羡慕那些睡在摇篮里的婴儿——躺在柔软的被子里面，被母亲的双手轻轻摇动着，多么幸福。

不上学的时间我总爱泡在村里有新生婴儿的人家，学着大人的样子给摇篮里的婴儿唱摇篮曲，脚踩摇篮弧形的脚一下一下地摇，有时用力过大，把摇篮摇得停不下来，几乎翻倒，摇篮里的婴儿也兴奋得眼睛大睁，滚来滚去，哪里还有睡意。

有一次果真把摇篮给摇翻了，是与几个同我差不多大的野孩子一起干的坏事。

我们一窝蜂地拥在村里一户人家堂前，先是逗弄着摇篮里的婴儿，然后轮流给婴儿唱歌、摇摇篮。婴儿的母亲趁我们在的时间赶紧到河里洗尿片去了，等她把尿片洗回来，看见堂前的摇篮已整个儿翻倒在地上，婴儿被罩在摇篮里，猫一样地哭着，而摇竹摇篮的几个孩子已吓得不知跑到哪里去了。

所幸婴儿的母亲来得及时，那罩在摇篮里的婴儿也奇迹般地没有受伤。这以后，大人就不再允许我们这些野孩子摇摇篮。

在乡间有一些事是很神秘也很有意思的，比如，当家里没有大人看在婴儿入睡的摇篮边时，就把一只旧的扫把靠在摇篮边上，尊称这只扫把为"扫把娘娘"。说来也怪，有"扫把娘娘"靠在摇篮边，婴儿睡得果然安稳得很，而若是有不知情的人把扫把拿开，摇篮里的婴儿很快就会醒过来大哭，像是被谁扭了耳朵、揪了鼻子。

婴儿长到能爬动的时候就不能再睡摇篮了，会很容易把摇篮弄翻，把自己摔到地上去，即便有"扫把娘娘"看着也毫无作用。这时派上用场的就是站桶了。

竹匾

端午回家，一进院门便看见门口布阵一样摆开大大小小的竹匾。

竹匾里面晒着焯过水的长豇豆、四季豆。院子一角，母亲正蹲在一只油红色泽的竹匾跟前，把刚切好的黄瓜片倒进去，均匀地摊开。

我从竹匾阵间穿过，走到母亲身边。母亲说她一早就到菜地去了，地里的菜来不及吃，都快老了，得赶紧摘回来，趁着好日头晒干。

"幸亏家里的竹匾多，够晒。"母亲说，然后又吩咐我去阁楼上看看，是不是还有空着的竹匾，未晒透的干菜还得再照照太阳。

家里有多少只竹匾，大概连母亲自己也没有数过。那些竹匾闲着的时候在墙上挂着、屋角靠着、阁楼的横梁上架着，逢着有太阳的好天气，就一只只地请出来，挨个儿摆在院子里。一年四季要晒的干菜总是那么多，竹匾空闲着的日子是不常有的。

我也不记得家里有多少只竹匾，只知道最大的竹匾是椭圆形的，有一张双人床那么大，很厚实，夏天的时候几乎有在里面睡觉的愿望。

椭圆形的大竹匾用来晒霉是最好的。梅雨天过后，母亲恨不得把家里所有的东西都搬出来，让火热的太阳燎一遍，橱柜里的棉被和衣物更是要一股脑儿地抱出来，摊开在大竹匾里，让太阳晒个透，直到每一件衣物都散出阳光的香气。

家里最小的竹匾不到一尺长，像只茶盘，通身已是深褐色——

※ 竹匾

年深月久的缘故。这只竹匾那么小，在过去用来装什么呢？母亲也说不清楚："是你奶奶的陪嫁物吧？"竹匾的中央有一个双喜的字形，看起来确实像一件嫁妆。

徽州的习俗里竹匾并不是嫁妆中必备的物件，不过在姑娘出嫁的日子里，竹匾却是必不可少的道具。

梳洗好的姑娘在自己的房间里坐着，一张簇新的圆竹匾搁在她的脚边，竹匾里放着姑娘的新嫁衣、新鞋。姑娘脱掉脚上的旧鞋，赤脚踩进竹匾，再一件件地脱掉身上的旧衣裳，从里到外换上全新的嫁衣。

嫁衣穿好了，新鞋也穿好了，姑娘却不能走出竹匾，这时身边的伴娘会把房门打开，让姑娘的父母长辈进来。盛装的姑娘看到走过来的双亲，膝盖一软，就跪倒在竹匾里，顷刻，一片吟唱般的哭嫁声淹没了房间。等哭嫁的高潮落下之后，姑娘的兄弟便走过来了，背起竹匾里的姑娘，出门，送至迎嫁的车桥上。

为什么换了嫁衣的姑娘不能走出竹匾呢？

换了嫁衣的姑娘就是别人家的人了，娘家的尘土（财福）是不能带走的。母亲说。

在乡间，小孩抓周的时候也需要竹匾。把毛笔、墨、算盘、砚台、铜钱、印章、糖果、胭脂、勺子、锅铲、花朵等象征未来的物件摆在竹匾里,再把刚满周岁的小孩抱进去,由小孩在里面小兽一样爬着,摸摸这个, 又抓抓那个, 最终抱在手里不放的, 就被视为小孩未来人生的走向。

在竹匾外围着的大人紧张地盯着小孩的手, 心里捏着一把汗,担心小孩抓了个不能成器的物件, 恨不得替小孩抓一个毛笔印章什么的。小孩哪里知道这是一场人生的测验, 对小孩来说, 摆在面前的一切, 包括人, 都不过是玩具罢了。

小孩长到七八岁的时候, 家里的竹匾就成了他捕鸟的器具。

冬天, 下过雪以后, 鸟儿们——主要是麻雀在野外找不到食物,便三五成群地飞落到院子里。

小孩在后院扫出一块空地, 拿一根细绳, 系在半尺长的细木棍上, 将木棍竖起, 上面倒支着一张竹匾。竹匾下有一把撒开的白米,麻雀们看到白米, 一跳一跳地过来了, 开始的时候还有些警惕, 跳上几步, 小小的脑袋就扭过来扭过去地看看, 没看到危险, 便放心地跳到竹匾下。

躲在不远处的小孩瞅准时机, 将手里牵着的细绳一拽, 细木棍飞身而出, 随即, 竹匾就呼的一声罩下来了。

饭甑子

饭甑子作为炊具中的一员是比较低调的，在我家平常的日子几乎见不到它，当它出现在灶台上时便是一年的末尾了。

每到大雪的节气，母亲就把那只黑黝黝的，仿佛历尽沧桑的饭甑子从杂物间里翻寻出来，拿到结了薄冰的河里浸泡。

※ 饭甑子

饭甑子是木头家伙，得压一块石头才能让它老实地待在河底。半天过后，母亲估摸着饭甑子差不多已吃足水了，便去河里将它捞起，洗净。吃了水的饭甑子比先前精神了很多，不再是刚出杂物间时松松垮垮的样子了。

清洗饭甑子之前的几天，母亲已把坛子里储存的糯米取出一些，淘净，泡进木盆。坛子里的糯米是为年节准备的，过年少不了的冻米籽、甜酒、年糕、糖糕都得糯米来做。做冻米籽的糯米泡的时间最长，要在木盆里泡上六天六夜，直泡到骨子里的坚硬有了水的柔韧，方可置入那只有着巨大胃部的饭甑子。

饭甑子的胃部确实够巨大的，因此有个不太雅的外号——"饭桶"，这也缘于它桶状的造型。

在木制器物中，饭甑子的造型可算是极简的了，只有三个部分：桶身、桶底、桶盖。饭甑子之所以能将生米蒸成熟饭，关键之处就在它由六块木板拼接而成的桶底。桶底的六块木板之间均有缝隙，半粒米的宽度，这样宽度的缝隙不至于使米粒漏出，又可让沸腾的蒸汽无阻碍地进入。

将糯米入饭甑子蒸熟的那天我赶早起了床，嘴里呼着一团团白气，兴奋地跑前跑后，帮着母亲抱柴火、烧锅。母亲看起来也是有些兴奋的，又有点说不出的紧张，双手在围裙上不停地揩着、揉着。锅里的水烧得滚沸了，母亲才放下手里皱巴巴的围裙，将饭甑子端进锅里，拿过一把洗净的秤杆，竖起来，在装了糯米的饭甑子里小心地戳出几个洞眼，将桶盖盖上。

盖了桶盖的饭甑子上面得压上一把刀——这是上辈人传下来的讲究，说是可以避邪。

避什么邪呢？我问母亲。母亲也讲不清楚，只说这样蒸出来的糯米饭不会夹生。

只是有时候在桶盖上压了刀还是不管用。当母亲揭开桶盖，看到饭粒中间有着碎白点儿的糯米饭时，脸色都变了——怎么会是夹生饭？母亲不相信自己的眼睛，舀出几粒放入嘴里，嚼了一下，硬生生的口感告诉她确实是夹生饭。

母亲难过得说不出话来。

母亲的难过并不在于夹生的糯米饭做不成冻米籽——在乡下有个迷信的说法，若是做冻米籽或甜酒的糯米饭蒸夹生了，将预示着来年家里的运势不佳。母亲是小学教师，也算是个有文化的知识分子了，虽然明白这些迷信的说法没有依据，心里仍然摆脱不掉一层莫名的恐惧。

好在大多数的年末，饭甑子都争气，给母亲蒸出了很像样的糯米饭。看到母亲在揭开桶盖时脸上放出的粲然一笑，我趁机举上早已端在手里的大蓝边碗，母亲将捏好的两个糯米饭团丢到碗里。

吃糯米饭团要蘸白糖。我喜欢把白糖蘸得满满的，咬在嘴里嘎吱嘎吱响，又香又甜又有筋道。

做冻米籽之所以要在大雪的节气以后，是因为这时的气温已近零度，蒸熟的糯米饭不会变质。母亲将饭甑子里的糯米饭倒进竹匾，用筷子一点点地拨开、摊平，端到通风的阴凉处晾着。

三五天过后，糯米饭便风干得差不多，用手将它们轻轻地揉开。揉开的糯米饭又变成一粒粒的米状了，水晶般晶莹剔透。

变成米状的糯米饭此时就有了一个新的名字——冻米籽。冻米籽要拿到太阳地里晒透，直到骨子里的水分被太阳吸收，恢复到入水浸泡之前的坚硬。

整个做冻米籽的过程中我最不喜欢的就是最后这个环节——晒冻米籽。母亲总让我在这个时候扮成看守冻米籽的稻草人，长时间地站在一溜摆开的竹匾中间，吓唬麻雀，哄赶那些探头探脑的鸡们。

没有比看守冻米籽更枯燥乏味的差事了，我时时地想着逃开，去和邻居家的女孩玩捉迷藏、跳房子。母亲看出我的不耐烦，便抓了一把冻米籽，在锅里炒成白胖香脆的冻米，用碗盛了放在我手里，看我大把大把地往嘴里塞时说道：是不是很好吃啊？你要是不看着，冻米籽就会被麻雀吃个精光，到过年你也就想不到冻米糖吃了。

母亲的法子很管用，我端着那碗香脆的冻米，嘎巴嘎巴地嚼着，乖乖地将稻草人继续扮演下去。

乡村食味记

银汤、米皮、锅巴

"银汤"是太平乡间的土话，其实就是米饭煮开锅时的浆汤。

我是喝着银汤长大的。

放学冲进家门的第一件事，就是到厨房里喝银汤，乳白的、凝着一层米脂的银汤搁在蒸汽缭绕的锅盖上，热乎乎，刚好入口，有白糖时加一小匙白糖，没有白糖就淡淡地饮着，米香浓郁。

奶奶曾讲过一个关于银汤的故事：从前，有一户人家的媳妇德行不好，待婆婆很刻薄，每顿只给婆婆半碗银汤喝。哪晓得婆婆不光没饿死，身子骨还越发硬朗了，倒是这个媳妇，在一个雨天出门时遭了雷劈，报应啊……

※ 乡村厨房

奶奶讲这故事时，母亲一声不吭，在锅台上忙得"哐哐"响，脸色很不好看。

奶奶不喝银汤，奶奶喝的是麦乳精。麦乳精冲出来也是乳白色，奶香四溢，我闻着总忍不住吞咽口水，可惜奶奶耳朵背，听不到我喉间的"咕嘟"声。

我不在奶奶跟前时，奶奶会冲一碗麦乳精给哥哥喝，我经常能从哥哥的唇沿上看出一圈痕迹。

不过我还是有办法吃到麦乳精的。瞅着奶奶去邻家讲古的空儿，我便猫一样溜进满是黄烟味的房间里，从枕头下摸出五寸长的黄铜锁匙，伸进橱柜的铜锁眼，"吱嘎"一声，漂亮的小圆铁筒便从打开的橱门里放出光来。

我从来不将麦乳精冲水喝，而是用手抓一把，干吃。干吃麦乳精，口感上就和吃奶糖一样，十分过瘾。

除了喝银汤，我还喜欢吃饭锅边沿的一圈米皮。

米皮就是烤干了的银汤。饭闷熟后，掀开锅盖的一刹那，贴着锅沿的米皮便"吱吱"地欠起身子，收着裙边一样的细褶。这个时候揭米皮最好，米皮带着蒸汽的水分，有韧性，牵住一头，沿着锅边轻轻一转，便整片儿揭下了。

米皮比宣纸还要薄，黏黏地，入口即化，只在唇尖上留一寸光滑的滋味。

"穷人的锅巴当饼干。"这是奶奶常说的俗话，类似的还有"有钱人吃白香梨，没钱人吃白萝卜"。

我家在村子里不算穷，父母都有工资可拿，家里人口也不多，可我家过的日子最像穷人的日子，母亲的"小气"在四村八里都有名。村人说她看不开，母亲便说："我家又没祖产，全靠自己白手起家，不节省过日子怎么行啊……"

家里虽没有饼干，却有只四方形的大饼干桶，印着黄、白、棕、黑四色人种样的饼干图案。饼干桶是姨妈给的，姨妈说这个桶子密封性好，装东西不受潮，母亲就用它来装锅巴。

我常常望着桶子上的四色饼干大嚼锅巴，心里想，等我长大了，自己挣钱了，要买很多很多饼干装在这个桶子里，想吃就吃，天天吃。

对于锅巴我有独门的吃法，将刚铲起的锅巴整个端放到火桶里，烘到焦香时抹上臭豆腐乳，或夹上酸腌菜，吃来绝对是美味。碰上有盐丌菜蒸腊肉的好日子，就抹一层油汁，对于薄脆的锅巴，蒸腊肉的油汁恐怕是对它最奢侈的待遇了。

已有十多年没吃过银汤和米皮了，锅巴倒是能在菜市场买到，常常是买了并不去吃——那锅巴太厚实，又硬，一副坚不可摧的样子。

吃这些东西还得回到乡下，得用土灶铁锅，得烧竹木片、松毛须，得有朴素的胃口。如果再有一碟又酸又脆的雪里蕻，或一句乡里乡亲的话儿，滋味就更好了。

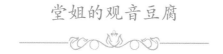

堂姐的观音豆腐

观音豆腐也叫绿豆腐，是夏天才有的野味。

说到野味，总以为是野生动物，比如野鸡野鸭野兔。这样理解

※ 做观音豆腐的腐婢树叶

也没错，只是狭隘了些。在我看来，只要是野生而又可以食用的滋味，都可归置到野味名下，包括野菜和野果。

观音豆腐就是野菜的一种，但它又不同于通常的野菜，比如荠菜和马兰头，从山里采回家，洗干净炒熟即可食用。观音豆腐在山里是采不到的，采到的只是一种名叫腐婢的小灌木。

观音豆腐就是从这有着清幽香气的小灌木里得来，确切地说，是从小灌木的绿叶里得来，在成为野味之前，还需要一个制作加工的过程。

我也只吃过两三回观音豆腐，是在很久以前，在小时候。

我吃过的观音豆腐是堂姐做的。堂姐是四伯的女儿，比我大八岁，在我还是个懵懂无知的小丫头时，她已出脱成成熟的少女了，挨近她身边，就能闻到从她身上散发出的味道，说不出那味道的来源，只是觉得好闻，像是汗香，又像饱含甜汁的瓜果在盛夏散发的气味。

堂姐读完小学后就不再读书了，家里有两个弟弟，大弟又患有疾病，站着好好的，突然就倒在地上，手脚不停抽搐，嘴角泛着白沫沫。村里人说这病叫羊癫风，胎里带来，没法治。大弟随时会发病，不能出门，还得留个人在家里看护他，在他发病时抱紧他，往他嘴里塞毛巾，用手指掐他人中，不让他昏死过去。

四伯很少落家，长年在外面做事。堂姐的妈妈——也就是我的四伯母，身体也不好，病恹恹，干不得重活。这样，家里家外的很多事就落在堂姐头上了。苦难生活最能磨炼一个人，堂姐很小就表现出灵巧能干的特质，用村里人的话说就是"里里外外一把手"，和堂姐同龄的姑娘还在父母跟前撒娇呢，她就当起了家，成了这个家里名副其实的女主人。

堂姐每天要干很多活，砍柴种地洗衣服做饭，没有闲着的时候，即便在夏天的夜晚，别人都坐在院子里摇着蒲扇乘凉时，她的手仍在忙活，借着月亮的微光，飞针走线地纳着鞋底。

堂姐生来爱笑，一笑眼睛就眯成了一道缝，还喜欢唱黄梅调，边干活边唱。堂姐说唱黄梅调能解乏，干活就不觉得累了。

我家和堂姐家离得近，一天总要往她家跑几趟，吃饭的时候也会端着饭碗跑到她家。在堂姐身边，碗里干巴巴的饭也会变得有滋味一点。观音豆腐就是在堂姐家吃的。堂姐将那绿莹莹又似肉冻般的东西舀到我碗里时，我有点发懵，举着筷子不知如何下口。"吃吧，这是我做的观音豆腐，夏天吃这个好，消暑气。"堂姐眼睛又眯成一道缝，笑道。

我家在夏天也会做一些消暑的食物吃，大多是绿豆汤、藕粉羹，加点白糖，放凉了吃，感觉也不错，但那些都是流质，汤汤水水的，没什么看相。眼前的观音豆腐却是固状的，碧绿通透，厚实中又有颤巍巍的柔软，别说吃，看在眼里就感到不凡。

现在回想起观音豆腐，已记不清它的味道了，只记得它出尘脱俗的凉润，还有它毫无杂质的清香——之后许多年，再也没有与这样的清香重逢过。

那不久又吃过两回观音豆腐。有一次是在河边，亲眼看着堂姐制作的。堂姐在河里洗完衣服，一转身，不知从哪里扯了一大把绿叶子，洗干净，放进脸盆，再加一些清水，不停搓揉，直到把叶子揉成细末，把里面的绿汁全揉出来。

脸盆里的液体已变成深碧色，浮着一层白沫儿。堂姐拿出一块干净的纱布，蒙

※ 作者与堂姐们的近照

在脸盆边缘，把脸盆里混着叶渣的汁水缓缓倒入洋瓷缸中。这样过滤了两遍，叶渣就全部滤除了。堂姐一手拎着装衣服的篮子，一手端着盛着绿汁的洋瓷缸。我则端着空脸盆，紧跟在堂姐后面。

我迫切地想知道堂姐是怎么把绿汁变成观音豆腐的，但是，不知什么时候分了一下神——也只是一小会儿的工夫，就错过了这关键的时刻，就像观看魔术的孩子眨了一下眼，魔术师手里的丝巾就变成了鸽子。

等我再走到洋瓷缸跟前时，里面的绿汁已经凝固，成冻玉状了。

很多年后，终于知道那使绿汁凝固的东西不过是一把草木灰。将锅灶下现成的草木灰取一小把，入水，过滤，将滤去杂质的草木灰水倒入绿汁，搅拌一会，观音豆腐就做成了。草木灰含碱，有凝固剂的作用。草木灰还可以止血，有次大弟发病，额头磕在桌角上，顷刻淌出了血，堂姐就将草木灰抓一把，抹在他的额头上。

在我小学毕业那年，堂姐嫁了人，嫁得不远，就在邻村。婚后的堂姐依然住在娘家，和丈夫一起照应着家人的生活，直到大弟去世，小弟也学上了手艺，四伯回到家里不再出去，堂姐才离开，住到邻村婆家去了。

差不多过去三十多年了，当我想起堂姐，记忆里仍是她身上好闻的味道，还有她眯缝着眼的笑容、自得其乐的黄梅调、蹲在河边搓揉着腐婢叶子的样子。夏日的阳光照着她长长的脖颈和挂着细汗珠子的脸颊，那么好看，就像照着一朵盛开的向日葵。

神仙汤

神仙汤，顾名思义，就是神仙才能吃到的汤，或者是吃了以后快活得不得了，两腋轻盈，简直就要离开地面飞升而起的汤。

但凡和神仙沾边的东西都是好东西，用现在的话来说就是"高大上"，普通人恐怕一辈子也无缘得见，更别说吃了。而我小时候就经常吃这种汤，我的父亲、爷爷、祖爷爷，也经常吃这种汤。

那么神仙汤究竟是怎样一种汤呢？

其实神仙汤一点儿也不"高大上"，非常亲民，烹制的过程也不复杂，五岁至一百岁的人均可操作，两分钟就可搞定。

具体的操作步骤如下：

第一，从热水瓶里倒一碗开水。

第二，往开水里加适量盐、酱油和猪油（麻油亦可）。

第三，撒几粒葱花，用汤勺拌匀后即可食用。

※ 乡村柴火垛

看，是不是很简单，再也没有比这更简单的食物了吧。

这样简单——甚至是过于简单的东西，按说无论如何也配不上"神仙汤"这个美称的，但是，实实在在，我们那里的人就是这么称呼它，隔三岔五地做上一碗，用勺子一口一口地往嘴里送，美滋滋地吃着、喝着，一副"快活似神仙"的样子。

大道至简，食物也是这样吧。所谓至味，并不在于食材的稀有和烹制方法的繁复，而在于食者是否有享受食物的心境，是否有一个朴素而又易于满足的胃口。

神仙汤之所以这么受欢迎，除了因为它的滋味鲜美，最主要的，还是因为它制作快捷，不消耗燃料。

乡间的燃料就是柴火，每家门前都堆着柴火垛，一垄一垄，整齐地靠着院墙，阳光打在上面，发出腊肉一样干燥又油润的光泽。这些柴火都是从山上砍来的，除了费一些力气，不需要花什么本钱，似乎可以随意地取用。

事实并非如此。徽州虽然多山，多林木，却也不是取之不竭的，围绕着村庄的群山，打眼看去绿意葱茏，一旦走进，就会发现内部已然虚空。树木不像庄稼，一年长一茬，一棵树苗长成碗口那样粗，和一个孩子长成青年所需的时间相差无几，而村里人家过日子每天都要烧柴，一代代，几十年、几百年地烧下来，再怎样茂密的山林也有捉襟见肘的时候。

为了省柴火，在乡间，中午通常是不生火做饭的，就用热水瓶里的开水做一碗神仙汤，泡进几块锅巴，或把早晨吃剩的饭泡进汤里，挟一点腌菜或辣椒酱在上面，热乎乎地吃下去，不仅省了柴火，也省了不少时间。

乡间的生活虽然散漫，不用把时间卡得那么紧，但有时候——尤其是农忙的时候，时间也会变得极其重要，半点儿也耽搁不得，这样，两分钟即可得的神仙汤就变得很受待见。

按现在的饮食标准，神仙汤是过于清汤寡水了，没有营养，再说汤里没有鸡精没有味素，味道能好到哪里去呢？

但是神仙汤的味道确实是不凡的——即使我之后吃过内容更为丰富、制作也更为复杂的汤，相比小时候吃过的神仙汤，仍不能企及。只是，现在如法炮制一碗神仙汤，味道却又不是记忆中的——不知是我的心境变了，还是食材不如从前的缘故。

现在的食材不如从前已是公认的事，调味料也是如此，比如酱油，已闻不见它的酱香，还有猪油、麻油——现在的猪油和麻油只是模样没变，那极其诱人的油脂香气是丁点儿也没有了。

汆汤肉

神仙汤再怎么鲜美，终究是上不得台面的。家里来了客，留人家吃饭，总不能端一盆什么也捞不上来的清汤在饭桌中间，殷勤地对客人说请吃请吃、不要客气这样的话吧。

逢到这样的时候，简约版的神仙汤就得升级了，至少得打几只鸡蛋，在饭头上蒸熟，蒸成蓬松的有很多蜂窝眼的糕状，用刀划成小方块，倒进刚做好的神仙汤里。黄灿灿的鸡蛋糕在深红色汤液中或沉或浮，翠绿的葱花点缀其间，看上去还是蛮体面的。

逢到过年过节或办喜事的时候，神仙汤又得升级，升成豪华版。豪华版的神仙汤就不叫神仙汤了，改名氽汤肉。

氽汤肉有多豪华，看看它的原料就知道——新鲜的里脊肉，新鲜的猪肝，新鲜的板油，新鲜的猪血旺。之所以强调"新鲜"二字，是因为做氽汤肉通常是家里刚杀过一头猪之后的事，从猪变成肉，再变成锅里诱人垂涎的汤，前后不过半天的工夫。

除了来自于猪身上的这些原料，做氽汤肉少不了的还有一碗水豆腐，辅料则是酱油、米醋、葱姜、山芋粉，当然还有盐。

做氽汤肉的工序如下：

把里脊肉和猪肝分别切成薄片，加盐、酱油、姜末，略微搅拌，再加调成水糊状的山芋粉，拌匀。

把板油切成片，入热锅熬。

最喜欢听熬油的声音，吱吱吱，吱吱吱，尖细的叫喊，不知道是痛苦还是快乐——当然，在我的耳朵里听起来，这声音表达的是一种快乐——美食当前，除了快乐再也没有别的了。

板油入锅后很快就成了液体，金黄色油渣浮在上面，扁而瘦，不停颤动，此时可以加水了，水量视食者的多少而定。

加水到油锅里是需要十分小心的事，即便小心，那"滋啦"的一声响仍是惊心动魄，似一场小小的起义。水烧沸后，把猪血旺切成片，与里脊肉、猪肝一同下到锅里，煮片刻，加进水豆腐、适量的盐。

汤煮开即可起锅，起锅前入以适量酱油和米醋提味，最后撒葱花。

一锅氽汤肉做好不过一刻钟。在荤食里，这道菜算是最为快捷的了，过程也不复杂，只是对食材的时鲜度比较讲究。

氽汤肉起锅后，热腾腾的肉糜之味在葱姜的衬托下无法控制地弥漫开来，村庄浸在一片浓郁的荤香里，那香是好日子才有的香，是富足的、沉坠的。

这香气使人既幸福又不安，整个魂魄都被它揪住了，觉得非吃不可。在物质匮乏的年代，食味之美使人无法抵御，瞬间就变成了它的俘虏。

我家做氽汤肉一年里也不过三四回。端午节一回，中秋节一回，此外就是腊月里杀年猪时做一回。端午和中秋做氽汤肉的原料是从村里杀了猪的人家买来的，买得不多，做一小盆汤，勉强够

※ 想吃肉的孩子

家里人吃。而到了杀年猪这天，做氽汤肉就改用大锅了，极其阔气的场面，沸腾不已的汤汁简直要漫出锅来。

父亲将做好的氽汤肉盛进十几只碗里，吩咐我一碗一碗端到前院的大晒场，递给一早就坐在那里晒太阳的老人手上。

氽汤肉的肉质细腻，口感滑嫩，很适合老人吃。

前院的老人全端着碗吃氽汤肉了，我也在吃，身边的杀猪佬也在。估计杀猪佬有一只特大号的胃——他吃氽汤肉不是用碗，而是端着我家最大的汤盆，呼噜呼噜往嘴里倒。

几十年很容易就过去，那些坐在太阳地里吃氽汤肉的老人们相继走了，不在世了。杀猪佬也不再干杀猪的行业——老了，杀不动了。再说村里也早已不养猪——走遍整个村子，看不见一头猪。

没有猪的村子确实干净了很多，路上没有猪粪，空气里也没有猪栏臭烘烘的味道。只是，不知为什么，这干净总使人感到萧条，仿佛无端被抽走了很多生气。

不知从何时开始，豪华版的神仙汤——氽汤肉又改了名字，成了当地农家乐的冬令名菜：杀猪汤。也不知这菜名是谁起的，有股子粗野气，一点名菜的风范也没有，不过听了几次之后也就顺耳了，甚至勾起了怀旧的胃口，令多年不碰猪肝的我也忍不住想着，什么时候去吃一次。

但我终究没有去。怀旧只是一种情绪，而情绪则是捉摸不定的东西。与其去吃，不如把怀旧的味道保留在记忆里。

吃点心

吃点心通常指正餐之外的补给，或是用来待客的礼数。家里来了远客，泡上一杯茶，端上点心盒，盒子里装着本地产的糕点果饼。客人推辞不过，从盒子里拈一块在手上——也只是做做样子，不会真吃多少。

在我们太平土著的方言里，吃点心却不是这意思。日头过午，村里人在路上碰了面，打招呼时总要问一句：点心个吃过了？

"点心"指的是中饭，"个"是有没有、是不是的意思。

本地方言的问句常有"个"字——个来了？个走了？个好吃？个难看？

把吃中饭说成吃点心，听上去挺诱人，仿佛食物的内容有许多花色，制作精巧细致。而实际上，太平人的吃点心是很随意的事，内容大多是无须在灶头深加工，开水冲泡即可入口的速食，比如锅巴、冻米、炒米粉。

茶泡饭也是点心里的主角。

茶泡饭做起来很简单，把早晨吃剩的米饭舀一些在碗里，再把热腾腾的茶水浇在米饭上，浸没米饭为止。

泡饭的茶水是绿茶，清早沏在大茶壶里的，已喝过几道，茶汁不那么浓酽了，香气和清甜味还在，续上开水，用来泡饭最好。

太平是名茶之乡，产黄山毛峰和太平猴魁，一代代的人以茶为业，为营生。日常的饮食也是离不开茶，每日早起，第一件事就是烧水泡茶，家家户户如此，把茶喝足了，喝得额头冒热气，每个毛孔都打开，再开始干别的。当然，最上品的茶自家是舍不得喝的，得拿

※ 屋顶炊烟

到市场上去换钱，留着自家喝的是老茶片，没有看相，味道倒不比上品茶差，还更耐泡些。

茶泡饭的味道就是粗茶淡饭的味道，也是生活最为本质的味道。

粗茶淡饭没什么不好，从养生学上来说，粗茶淡饭更利于身体的健康。不过太平人——尤其是在乡村劳作的人，口味都是偏重的，嗜咸，嗜辣，不习惯吃过于清淡的食物。在田间地头干活，面朝黄土背朝天，流汗多，不吃咸一点哪来的力气呢？

于是，吃点心——尤其是吃茶泡饭的时候，必然得配上自家腌制的咸菜。

咸菜是四季都有的，腌萝卜，腌白菜，腌辣椒，腌豆角，腌黄瓜，腌生姜，腌大蒜……地里种的蔬菜，吃不掉的几乎都可以用盐腌渍，压上石块，封装在大大小小的土陶罐子里，吃的时候打开，捞一把上来。有这些佐餐，再清淡的食物都会变得有滋有味。

吃点心也不光是利用"剩余价值"。到了秋天，刚收获下来的番薯和北瓜也会成为点心的主要内容。

番薯和北瓜是不能用开水泡着吃的，而是烀着吃。

烀是烹制食物方法中较为简易的一种，把食物原料洗净，入锅，加水煮，水量不宜太多，也不宜太少，最好是食物煮熟了，锅里的水也刚好烧干，此时便可退去柴火，留几颗红枣样的火煤子在灶洞里，收去食物的水分，保持食物的温度。

我最喜欢的点心就是烀番薯和北瓜，既可当菜亦可当饭，中午放学回家，揭开锅盖，早已烀熟的番薯和北瓜懒洋洋地靠在一起，色泽浓艳，冒着温热又甜蜜的香气。

直到现在，番薯和北瓜仍是我钟爱的食物，整个秋冬季节，差不多每天都在吃它们，烀、烤、和大米一起煮粥、蒸熟了晒干当零食——怎么也吃不厌。

如此简单，又如此真味，食物如此，生活也是如此罢。

葛 根

昨天接一朋友的电话，问我能否买到葛根片，说近来颈椎病犯得厉害。

我说没问题，本地买葛根片容易，街边就有——只知道葛根片有降血压和血脂的功效，难道这东西对颈椎病也管用？

朋友说葛根片的好处极多，张仲景《伤寒论》中专治颈椎的方药就叫葛根汤，葛根还可增强记忆，抗衰老，还叫我平时也可泡一些当茶喝。

挂上电话，想起
书橱里好像就有这东
西，我哥放在那里的。
去年这个时候他上山
挖的葛根，洗净切片
晒干，带回乡下给我
妈泡水喝，又装了一
些在保鲜袋里，留给
我。当时我还在北京
鲁院学习，腊月回到
家，打开书橱，赫然

※ 葛根

看见一大袋葛根片，塞在书堆中间。

起身去书橱找那袋葛根，翻了个遍，没找到。是叫我给送人了吧？
每次收拾房间总要清理出一堆东西，大多是些不吃不用的，放着可惜，
还占地方，不如趁着没坏时送给用得上的人。

去年腊月看见这包葛根片时还想，我哥也真是，我又没高血压、
高血脂的，给我这东西干嘛。要是当时就知道葛根片还有治疗颈椎
病的功效，就不会觉得我哥多此一举了——我的颈椎也有问题，犯

起病来天旋地转的。

我哥喜欢挖葛根，也不只是喜欢挖葛根，所有在山林里钻来钻去的事他都喜欢，拔笋子，打蕨菜，采金银花，采野果……偶尔还会拎回一只野兔。他上班的那个工厂刚好坐落在山中，一到休息时间他就钻到林子里去了，下班回家，摩托车上总带着山货。

我哥带这些东西回家并不讨好，嫂子和我嘴上不说什么，心里却在叫苦，因为要帮着收拾，从四月到五月，差不多每天晚饭后，都得围着一堆小山样的笋子或蕨菜，剥壳，摘拣，洗干净后再过一遍开水，去生。这些山货在山上嫩得很，下了山，不及时处理很快就会老掉，特别是蕨菜，下山个把钟头就老了一大截。有时实在忍不住，就对我哥说，明天再不要去弄这些东西了，又吃不掉，还要收拾，真麻烦。我哥不说话，第二天还是拎了满满一袋山货回家，分给左邻右舍。好吧，只要不劳我们去收拾，就随他去吧。

挖葛根是冬天以后的事。立冬以后，家里就没断过葛根，切成块状的葛根放在盆子里，吃罢晚饭，我哥用食品袋给装上一些，让我带回自己的住所，当零食吃。

说实话，我从不知道那些葛根挖回来是怎么收拾的，怎么就把那树根一样粗拉拉的东西弄干净，炸熟了，拿起来就可以放到嘴里嚼。我哥从没吩咐我干过这事，这事显然比剥笋子要麻烦得多，指望不上我。只有一次，焊熟的葛根还没有切开，我想，这事不难，我来干吧，就拿了菜刀，切下去——哪里切得动，葛根的淀粉吃住了刀，使上全身的力气，才切进去一点。

葛根挖得多时就拿来洗葛粉，这又是一件麻烦事，好在仍旧跟我没关系。头天晚上，见门口堆着比手臂还长的、沾着新鲜泥土的葛根，第二天下班回家，那些葛根就变成豆浆的糊状，沉淀在一只大水缸里了。

过了几天，葛根粉沉淀好了，滤渣晒干，我哥又用袋子装起一些，让我带走。

葛根片也就是这两三年才晒上的，以前家里没晒过。是大前年吧，偶然听说葛根片泡水喝对"三高"人群很有好处，就跟我哥说了，让他晒一点，我爸我妈都有"三高"，让他们喝喝，说不定管用。我哥嗯了一声，过几天，一大袋晒得干干的葛根片就在桌上了。

今年家里没晒葛根片，立冬不久，我哥就随着厂子整体搬迁到北方去了，也是在山里，只不过那里的山光秃秃的，什么都没有，更没有葛根。

我哥临走前几天还挖了不少葛根，洗了好多葛粉。

我哥走后十天的样子，我下班回家，晚饭后，我嫂指着一个袋子，对我说，那里面是焊熟的葛根，你拿去吃吧。

"葛根，哪里来的？"我问。

"还不是你哥挖的，一直放在杂物间里，也不告诉我，今天整理东西才看见，坏掉了好多。"

我把葛根拿在手上，往自己的住所走去。

天已经很冷了，霜风吹在落尽叶子的树丫上，吹在脸上，有点痛。看着天空的寒月，想着我哥待在那样一个地方，孤零零的，身边连一棵树都没有，突然就心酸起来。

北瓜就是南瓜

我们村里人管南瓜不叫南瓜，叫北瓜，若是有人叫它南瓜，准是外乡人。

村里人家没有不种北瓜的，就连住在村口的单身汉"老虎"也种它。沿着屋墙根，搭一排竹竿，春天的时候撒上北瓜籽，两场春雨，北瓜秧子出土了，过几天，藤就牵出来了，顺着竹竿往上爬，一直爬到屋顶。

单身汉老虎的原名叫什么，谁也不记得，连他自己也不记得——

※ 北瓜就是南瓜

他是不识字的，从他来我们村后，村里人就叫他老虎。不知道为什么叫他老虎，他的样子看上去也不凶，只是很邋遢，一件衣服穿三季，没见换洗过，夏天就干脆打赤膊，套一条大裤衩。

老虎管北瓜叫南瓜——他不是本地人，在村里住了大半辈子也没改掉这叫法。老虎说南瓜养他半条命，这话并不虚，一年里有一半的时间老虎就靠吃它过日子，嫩的时候当菜吃，老的时候当饭吃。

老虎种的北瓜是村里最好的，个头大，瓜肉红，味道又甜又糯。真奇怪，也没见他管过那些瓜秧，顶多在乘凉时把瓜秧边上的草顺手拔一拔。也有人说老虎的北瓜之所以种得那么好，是下了牛粪的缘故。村里有两头牛，老虎来村里后，就负责给村里放牛，白天把牛赶到很远的地方去吃草，天黑时把牛牵回村，有人家需要牛犁田时，就喊老虎把牛赶过去。

犁田的事也是老虎负责，别人不行，那牛听惯了老虎吆喝，只服他管。田犁好了，主人家给老虎一些豆子和稻米——豆子慰劳牛，稻米是给老虎的报酬。

老虎是怎么到这个村里来的呢？我奶奶说，他是逃水荒到这个村里的。村里有户人家看他年轻，有一把蛮力气，就想招他做上门女婿。老虎去了他家，还没住上个把月就不干了——那户人家的女儿是个傻子。

也有人说是那户人家把老虎赶出来了，说老虎饭量太大，煮一锅饭，别人还没动筷子，他就吃下三大海碗了。

老虎离开了那户人家，却没离开村子，在村口废弃的磨房里住了下来。那户人家也没有想把他赶出村的意思，时不时，他家的女儿还会从家里带上吃的，摇摇晃晃，穿过村子去看老虎。

又过了一年，老虎还是住在磨房里，那户人家就给女儿另外物色了个男人，是邻县的，腿脚有残疾。那户人家的女儿嫁走后再没回过村，老虎呢，把磨房修修整整，长久地居住下来。

老虎是外乡人，在村里没有田地，种不了稻谷，在磨房边上种北瓜倒是可以的，没人来管他。我奶奶说老虎把北瓜种得好，不光是下了牛粪的缘故，而是得了磨房的风水："你看那磨房，前面是河，后面是山，太阳一出就把那里照得亮堂堂，别说种瓜，就是种下石头也能下出仔来。"

老虎种的北瓜长得勤，当菜当饭还是吃不完，他就把瓜送给村里平常对他不错的人家。村里人自家种的瓜也是吃不完，堆在后院，喂猪——不过老虎送来的北瓜是不会喂猪的，单独留着，留到冬至的时候做北瓜粿。

北瓜粿是冬至的美食。我奶奶说，小孩子冬至吃北瓜粿，来年肚子里就不长虫子了。我们可不管长虫不长虫的事，只想着北瓜粿甜糯的味道和金黄好看的样子。

做北瓜粿也并不复杂，把瓜切开，去皮去瓤，煮熟后捏成泥状，掺入糯米粉，拌匀了，取一小团在掌心，揉实，再拍扁，放在蒸笼里，入锅蒸熟即可。有讲究的人家会给北瓜粿里加一些馅料，有芝麻馅的，有酸菜馅的。其实不放馅料的北瓜粿更好吃，嚼起来更有筋道，有北瓜特有的蜜香味。

我奶奶做北瓜粿只用老虎送来的北瓜，粿做好后，用碟子盛上几只，让我哥给老虎送去。

我奶奶逢年过节做好吃的，总叫我哥端一碟给老虎。她从不叫我送，知道我嫌老虎住的地方脏——能不脏嘛，那么矮的屋子，屋顶上爬满了枯藤，周围堆的净是牛粪，屋子里连个窗户也没有，黑咕隆咚的，也真亏老虎住得下去。

我奶奶叫我哥给老虎送吃食是有缘故的。有一年，我哥发高烧，烧到抽筋说胡话，我爸和我妈又都不在身边，我奶奶没办法，就叫老虎帮忙把我哥背到五里地外的医院去。老虎二话不说，把我哥扛到肩上，一口气跑到医院。

村里后来没有牛了，老虎就给人打零工，混碗饭吃。再后来老虎老了，做不动活，找到我爸，我爸把他的情况写了个报告给民政局，不久，老虎就成了我们村里的五保户。

成为五保户的老虎不愿去养老院，还是住在那个破磨房里，没过几年就去世了。

那磨房在老虎去世半年便倒塌，很快，就有人把那地方推平，盖起了楼房。新楼房周围圈了院子，靠着院墙种了花草，也种了北瓜，一只一只，乖乖地卧在墙根，只是没有牛粪，不知道那北瓜吃起来味道如何。

乡村食味记

长在树上的粮食

　　乌箕子是乌箕树上长出来的坚果。

　　乌箕树是本地人的叫法，它的学名叫苦槠树，和橡树相似。也有一种说法，说苦槠树和橡树本为一物，南北的差异使它有了不同的名称——在北方，人们叫它橡树；到了南方，它就成了苦槠树。

　　不管这树的学名究竟叫什么，本地人只叫它乌箕树，爷爷辈的这么叫，父辈的这么叫，孙子辈的也这么叫。话说回来，孙子辈——也就是现在的孩子们，恐怕并不认得这种树了，包括它的果实。现在的孩子难得去野外活动，离自然很远，不像我们那一代，几乎就是野生，把山当作游乐园，与泥巴地里生长的事物打成一片，哪里还有不认识。

　　在我出生的那个村子里，人们与乌箕树的感情是比较亲厚的，对上了年头的老乌箕树更是心存恭敬，扛着长锄走过老乌箕树边，会把锄头从肩上放下来，提在手里，怕不小心撞到了树。忙完活，就摘下草帽，坐在老乌箕树的树荫里，跟树叨咕几句话，叨咕家里

※ 乌箕子

最近的愁事、烦心事，也叨咕高兴的事，比如儿媳妇生了娃娃、母鸡又孵了一窝小鸡仔。

村里人家有娶亲的，会去野外砍一根乌箕树枝回来，乌箕树勤于结子，多果实，新房的角落里摆上它，象征着多子多孙。

村里人对乌箕树的感情，说到底还是源于它的果实——乌箕子。乌箕子是长在树上的粮食，不需要耕种就可获得的粮食，如同上天的恩赐，供给村里的人食用，灾荒年月里，还曾救过村里人的命。

乌箕子救命的事是听父亲说的，说他小时候，家里兄弟多，粮食少，总是不够吃，有一年发大水，地里的庄稼淹掉了，到了秋天几乎没有收成，弄得揭不开锅，我奶奶只好上山找吃的。以往的年月里，山上可吃的东西是很多的，尤其是乌箕子，到处都是，只要蹲下来就能捡到，捡个把时辰就能把背篓装满。这一年上山却很难见到——不是乌箕树不结子，而是整个村子里的人都去山上捡，没几天就捡光了。地上的乌箕子捡光后，就打树上没落下来的，用长竹竿打，打得满地都是折断的树枝。

村头最老的乌箕树也没能逃脱此劫，打得稀里哗啦，一地残骸。奶奶没办法，背着空背篓回了家，家里还存着一些前几天捡的乌箕子，碾成粉，也只够吃三五天。接下来漫长的冬天可怎么过呢？

当奶奶愁得简直想跳河时，却发现，家里的乌箕子没有变少，反倒变多了，甚至还有更珍贵的茅栗——是我大伯弄回来的。奶奶

※ 茅栗

很兴奋，又担心，问他是从哪里弄的，可千万不要做丢人现眼的事啊。大伯做了个爬树的动作，说，山上那么多松鼠，掏几个松鼠洞不就有了。

乌箕子的味道其实是有些涩嘴的，若不是遇到荒年，也没人天天吃它。不像松鼠，无论什么年头都以乌箕子为过冬的主粮，大量储存在树洞里。

我小时候，乌箕子就只是饭桌上的副食了，是一道名叫"乌箕豆腐"的家常菜。乌箕豆腐做起来也不算太复杂：把乌箕子晒干，脱壳，磨成水粉，滤渣，沉淀后入锅煮，边煮边搅拌，直到白色淀粉变成褐红的半透明状时出锅，倒入一只洗净的大木盆里，等温度凉下来，凝固成冻状，用刀切成块，加冷水漂着，隔几天换一次水，吃的时候从水里捞一块。

乌箕豆腐在水里多漂几次，基本没有苦涩味，我却并不喜欢。乌箕豆腐的好吃，就在那点比较独特的苦涩味上，那是山野的味道，丢掉这味道，它就过于温和、滑溜，和别的淀粉类食物没有区别了。

好在有腰子芋

入夏后，腰子芋成了餐桌上的主要角色。

腰子芋就是土豆，之所以有这名字，缘于它的外貌——扁扁的，皮色微红，酷似猪腰子的形状。

我侄子对于食物很是挑剔，再怎么喜欢的菜，连续吃两顿就厌了，尤其是蔬菜，几乎不伸筷子，连哄带威胁，软硬兼施，也只勉强吃

※ 腰子芋

上两口。为此他妈妈很伤脑筋，时常陷入黔驴技穷的尴尬处境。

好在有腰子芋。

腰子芋是侄子唯一乐意吃的蔬菜，上顿下顿地吃也吃不厌，一碗腰子芋煮汤，除了盐粒，不放任何调料，他一人能包圆，吃得直咂嘴。一个人对一种食物的偏爱，也是一种无解之缘吧，没有道理可说。

其实还是有道理的，腰子芋是本地品种的薯类，没有经过转基因什么的来改变它的种性，个头虽是小了点，味道却极鲜美，口感细腻，明显区别于大个头的洋芋。

侄子喜欢吃腰子芋，他的爷爷——也就是我的父亲，就主动承担起种植的任务。每年立春这天，父亲回到乡下，把切成块状的芋种插到菜地里。芋种上带着两三寸长的嫩芽，埋入下过草木灰的泥土后，经初春的雨水一浇，很快就扎下了根，呼啦啦地生长起来。

※ 腰子芋花

过了两个月，芋秧开花了，淡紫色的小花朵朴素地开在那里，开很长时间。

几场雨后，大

河小河灌满了水，腰子芋也快长成了。收获腰子芋的时间在小满节气上。这个时候收获的还有油菜籽、蚕豌豆。此外还有樱桃、枇杷这些色味俱佳的浆果。

父亲把地里的腰子芋全挖起来，用竹篮装着，吊在屋梁下。这样悬空吊着，既通风，老鼠又够不着，能储存很长时间。

腰子芋里最小的只有鹌鹑蛋那么大，模样也像鹌鹑蛋，圆而小巧。父亲把它们挑出来，洗净了，也不用切开，就那么整个地放到锅里，加肉块和梅干菜红烧着。

一碗红烧腰子芋端上桌，没一会儿工夫，就只剩下肉块了。

中等个头的腰子芋用来烧汤——这是侄子最喜欢的吃法，洗净去皮，切成片，热油下锅，翻炒至半熟，再加盐和足够多的水，煮开即可。腰子芋煮成的汤呈奶白色，汤味浓郁，鲜香纯正。

个头大一些的腰子芋适合切成细丝，做炒菜——这是我钟爱的吃法。炒芋丝很讲究刀工，芋丝要切得均匀。是否均匀听菜刀落在砧板上的声音就知道了：嚓嚓嚓，嚓嚓嚓，节奏快而且齐，有韵律感，切出来的芋丝就是均匀的；若紧一阵慢一阵，切出来的芋丝也就粗的粗细的细了。

粗细不匀的芋丝受热就不均匀，味道自然要差些。不过呢，也不必过分讲究——毕竟这菜的原料好啊，先天优势在那摆着，只要是炒熟了，咸淡适宜，味道差不到哪里去。

炒芋丝不能加水，在锅里迅速翻炒，起锅的时候加一点醋提味。腰子芋的淀粉含量高，容易粘锅，这也没什么——那粘在锅底的部分才是精华呢，用锅铲铲下，焦黄的一小卷，捏在手里，细细品尝，其香脆滋味是任何薯片也比不上的。

腰子芋还有一种吃法——火堆里煨着吃。这种吃法朴素到近乎原始，有天然的乐趣在里面——食物的味道是天然的，制作的过程也是天然的。

小时候最喜欢这样吃腰子芋，和小伙伴们在野外生火堆煨，也在自家柴火灶的灶洞里煨。为了吃上柴火洞里煨出的腰子芋，我会主动提出做晚饭，放了学，书包一丢就跑到厨房里，在灶下捣鼓着，三下两下，灶洞里的火生着了，烧水，淘米，煮饭。米饭煮开锅后，灶洞里已积了不少木柴烧出的火煤，赶紧塞一个腰子芋进去，把四面的火煤拨起，拢在上面。

等米饭焖熟，腰子芋也煨熟了，香气挡不住地飘出来，绵绵不绝，溢满厨房。煨出来的腰子芋有双重的美味，既满足了嗅觉又满足了味觉——甚至嗅觉的享受胜过了味觉。

这样淳朴又浓厚的食物原味，现代人很难再享用到了。比如我侄子，他就从没有闻过火堆或灶洞里煨出的腰子芋味，也没有体验过煨腰子芋过程里的快乐。他的少年时光，放学后所做的事就是埋头写作业，沉甸甸的书包压迫着他，剥夺了一个少年原本应该拥有的生活乐趣。

萝卜瓜、抒菜和冲菜

太平人常吃的冬腌菜有萝卜瓜、抒菜和冲菜。

萝卜瓜是萝卜腌成的，抒菜、冲菜是雪里蕻和白菜腌成的。制腌菜的时间要把握好，不能太早也不能太迟，最好在降过一两场霜后。

霜在夜间降下，静悄悄覆在瓦上、光秃的树枝上、庄稼地和空旷的田野上，薄白的一层，像柿饼外面裹着的糖粉。太阳一出，霜就化了，变成细细的水珠子，很快就消失，也不知它是升上天空还是钻到什么地方去了。庄稼地里的那些蔬菜——白菜、萝卜、菠菜、雪里蕻，经霜之后立马变甜，这是很奇妙的事，让人怀疑那些白霜果真就是糖粉，一经融化，被菜蔬大口大口吞进身体里了。

经霜后的萝卜可以当水果生吃，尤其是萝卜心，津甜爽脆，味道不输与梨。切成薄片的萝卜煮汤吃最鲜美，切成细丝用酱油炒着

※萝卜瓜

吃也不错，不过这样吃法只能是上冻前——萝卜的水分太足了。当气温低至零下，河里的水结了一层厚冰时，萝卜体内的水分也会冻住，使萝卜坏掉。坏了的萝卜从外面是看不出来的，在刀板上切开，就会发现里面已是面目全非，不能再吃。于是在乡下，萝卜收获后大多腌成了萝卜瓜，这样可以吃上小半年，吃起来也方便。打开陶罐，移开压在上面的石头，抓上一碗，也不用下锅炒，讲究些的浇几滴麻油，略拌一下，就可以摆到饭桌上去了。

下霜的日子都有好太阳，也有风。风把天空打扫得干干净净，蓝得像刚染出来的绸布，光滑清澈，这样的天气做冬腌菜最好。把收回来的萝卜、白菜、雪里蕻在河里洗净，沥干水，然后在太阳地里摆上两条长板凳，架起大竹匾，把刀板放在竹匾里，人坐在竹匾跟前，萝卜白菜也堆在跟前，堆成小山，等着人用刀切。

过去的人家通常有七八口人，这么多人吃饭，冬腌菜就不能做少了，光是切菜就得切上小半天。萝卜要竖着切成瓣状，白菜要斜着切成丝状——做冲菜只要白菜的菜秆，余下的菜叶要么喂猪，要么和雪里蕻一起腌制成挏菜。

切菜是家中女人的事，邻居家女人有空也会端着刀板过来帮着切，到了邻居家做腌菜的日子，这家女人再过去帮忙。女人们凑在一起总是话多，手里忙着，嘴巴也闲不下来，交流彼此做腌菜的经验，说家里鸡毛蒜皮的事，少不得要抱怨几句，然后再说说张家长李家短的闲话。说闲话时音量会降低，怕旁人听见似的，要么把切菜的刀停下来，身子倾过去，脖子伸得老长，附到对方耳边，叽叽咕咕好一阵子。

萝卜和白菜秆切好后要摊在竹匾里晒上两天，太阳下山时也不用收回家，就让它们露天放着，吸收夜气，这样腌出来会更好吃。腌挏菜的雪里蕻下河之前已晒了两个日头，洗净后不用再晒，也不用切碎，晾一下就可以腌制了。

挏菜是太平方言的说法，用普通话说就是酸菜。腌挏菜得用脚踩，是力气活，先在半人高的瓦缸底下洒一层粗盐，码一层菜，再洒一层粗盐，码一层菜。每码一层都要用力踩，把菜汁踩出，把盐踩化渗到菜里去。如此一层一层地码，一层一层地踩，高度升至瓦缸胸部时，便可停下，搬几块扁而光滑的大石头压上去，将踩好的挏菜压得严严实实。

踩挏菜是家里男人的事，最好是有一双汗脚的男人踩，据说这

※ 抲菜

样腌出来的抲菜脆生生，味道也特别鲜美。若是换了女人来踩，那抲菜很快就发酸，吃一口，牙帮子都要酸得掉下来，也不知是什么原因——可能是女人的脚力不够，没有把菜踩透，或是别的无法解释的缘故吧。

我家腌抲菜很少用雪里蕻，只用白菜。奶奶在世的时候，家里也只有五口人，不用特意种雪里蕻来腌，把地里吃不掉的白菜腌上一缸，再腌一罐萝卜瓜、一罐冲菜，就够整个冬天吃的了。

切好的萝卜瓜和冲菜在日头下晒着时味道很好闻，那味道是阳光和植物相亲相爱、相互渗透后散发的，静谧又朴素，恬淡又浓郁，闻着很使人安心。

日晒夜露两天后，萝卜瓜和冲菜就可以腌制了。和腌抲菜不同的是，除了盐之外，腌萝卜瓜和冲菜还需要添加别的辅料，要有磨得细细的辣椒粉、八角粉，还要有黄姜白蒜，再备一些炒熟的黑芝麻。

黑芝麻是拌在冲菜里的，腌好的冲菜光是闻着就很香，有人干脆就叫它香菜。

在乡村，整个冬天差不多就是这些腌菜当家，上顿下顿，餐餐离不开。有了这些冬腌菜，即便是大雪封门也不用担心没菜吃了，去后院的大瓦缸里掏一棵挿菜，放进豆腐、山芋粉丝，咕嘟咕嘟炖上一大锅。要么在陶罐里抓一碗冲菜，把豆腐干、冬笋切成丝放进去热炒。冲菜和挿菜炖排骨也很好吃——不，是太好吃了。腌菜的咸香和肉的荤香融合后，彼此衬托、相互弥补，制造的香味使人满口生津，无法抵挡，简直是非吃不可。不过这种吃法太奢侈，平常的日子很少有，只在过年的时候才能吃个够。

说来也怪，平常的日子里最盼的就是能吃上荤腥鱼肉，而到了过年，满桌子荤腥鱼肉时又吃不下了，家里的老人把这叫作年饱。为了能吃下饭，就仍是端一碗腌菜上来，闻着腌菜的味道，满胀的肚子突然就空了，变得饥饿，胃口一下子打开。

春后，天气转暖，没吃完的腌菜酸度迅速提升，弥散出发酵过度的味道来，这时就得把它们从瓦缸坛罐里捞出，沥去水分，日头下晒干。晒干了的腌菜仍可以做菜吃，嘴巴寡淡无味时，抓一把慢慢嚼着，也是很有滋味的。在过去物资匮乏的日子里，每一样食物都被人们珍惜着，巧妙地享用。而物资相对丰富的当下，食物反而得不到应有的尊重和珍惜了，被反复挑剔，大量浪费着。

生活的底味

盐和齑是两种物质，当他们组合成词语时，就代表一种朴素的生活方式，比如"朝齑暮盐""齑盐布帛"。

明代文学家冯梦龙在《警世通言》里造了一个成语，"齑盐自守"，字典中对它的解释是：比喻坚持过清贫淡泊的生活。

在我们太平，有一种常吃的干菜就是这两个字：盐齑。

准备写盐齑的时候查了一下资料，看看别的地方是否也有叫作盐齑的东西，结果发现还真有，就在一衣带水的江浙地区，只不过所指之物略有出入——他们说的盐齑指的是我们这里的捋菜（酸菜）；而我们说的盐齑是江浙一带人所说的霉干菜，也就是煮过之后晒干的捋菜。

在乡间，过日子的人家屋里少不得要有几只干菜坛子，放在储物间或低矮的阁楼上。干菜坛子是陶制的，两头细中间粗，像个发了福的人。坛子里装着干笋、干蕨、干豆角、干萝卜、干苋菜……林林总总，其中个头最大的坛子是专门用来装盐齑菜的。

春分之后，未吃完的挦菜起出大瓦缸，放进铁锅，把橄榄色浮着泡沫的腌菜水也舀出瓦缸，倒入锅内，将挦菜淹没，生火煮。

水煮开后便可将猛火退去，挦菜在锅里焖一下，然后捞起，一棵棵从中间分开，横搭在竹竿上，屋檐下晒着。

锅里剩下的腌菜水不能倒掉，用盆子装起来。竹竿上的挦菜晒至大半干时就可取下，放进铁锅，把之前的腌菜水倒进去，复煮一次。第二次煮的时间仍不能长，水煮开即可，之后仍是微微火焖在锅里，个把小时后再捞起来，依旧横搭在竹竿上，很整齐地排列着，晒。

挦菜煮在锅里的时候味道很浓，隔好几户人家也能闻到。不过此时的味道还带着腌菜的酸腐，上了竹竿，晒上两个日头后，那酸腐味渐渐就淡了，复煮再晒，便是脱胎换骨之后的盐齑味。

晒好的盐齑为绛红色，闻着也是一股子鲜咸的酱香。

小时候最喜欢扯人家屋檐下晒着的盐齑吃。盐齑的味道

※ 晒盐齑

太招引人，远远地走过来，还没看见它，就被它浓厚的味道牵住了鼻子，忍不住就想去扯一根。小孩子的个子矮，够不着竹竿的高度，加之心虚，怕被大人看见遭到训斥，慌里慌张总是扯不断，好不容易扯断一根下来，小心脏已跳得快蹦出嗓子眼了。

盐齑的味道真是咸，咸得发齁，咬在嘴里远没有闻着的时候诱人，但是每次从屋檐下走过时看见它，仍想去扯——扯它时紧张又兴奋的趣味更甚于吃的味道。

晒干的盐齑两三棵一束，挽成团状，扯下最长的一根做绳，拦腰将盐齑团捆住，束紧，再放进干菜坛子里储存。盐齑的品质也像酱，经得起搁置，搁得时间越长味道越醇厚，两年以上的盐齑就比当年的好吃得多。

盐齑是干菜，含盐量又重，吃之前要放在水里泡开，把咸味去掉一些。盐齑含纤维度也高，因此要切得细碎，这样才便于咀嚼。也可能是这个原因，它才有了"盐齑"这个名字吧。

盐齑最有名的吃法是和五花肉一起焖，也就是江浙一带人说的"梅干菜扣肉"，据说鲁迅先生就很喜欢这道菜。在我们村里，比较奢侈的吃法是切成细丁，上面盖一层肥多瘦少的腊肉，放在饭头上蒸。腊肉的油脂遇热沁出，渗入盐齑，干枯暗淡的盐齑如遇贵人搭救，顷刻复活，油润起来。

　　盐齑和腊肉——尤其是饱含脂肪的肥腊肉在一起，真是天作之合，彼此气味相投，又能相互成全、提升，把咸鲜滋味发挥到极致——徽州名点中的烧饼就是以此作为馅料的。然而这样吃法并不能常有，尤其是日子过得清苦的人家，吃盐齑时最多放几片干辣椒壳，在锅里蒸一下。

　　我吃盐齑最多的时候是二十世纪八十年代末，在甘棠旅校读书的那几年，平常就住在学校的集体宿舍里，周末回一趟家。每次从家里返校时，手里总会拎着两只大洋瓷缸，里面装的要么是腌菜，要么是盐齑菜。这两样菜都很下饭，又不会馊，可以吃上一个星期。

　　盐齑最为突出的优点就是不会馊。夏天烧豆腐、蚕豆、土豆这些容易发馊的菜时，只需放一把盐齑进去即可，不仅提味，吃剩下的可以放心搁到第二天、第三天，绝不会腐坏变质。盐齑还有解暑热、洁脏腑、消积食、治咳嗽、生津开胃的作用，过去有钱人家隔一段日子就会做一顿盐齑汤给孩子吃，谓之"惜福汤"。

　　富人家吃盐齑是为了调胃口，教子孙懂得惜福。贫穷人家吃盐齑则是日常的饮食，对他们来说，盐齑也是生活的底味，是不让生活垮塌的那一层堤坝，遇到不好的年成，遭了水灾或旱灾，只要家里还有一两坛盐齑备在那里，就不用过于发愁，大不了天天吃盐齑菜下稀粥，熬一熬，日子还是能过下去的。

亲爱的菜市

龙井菜市场

  龙井菜市场离我的住处很近，步行不过几分钟。出小区，穿过一条窄长的巷子，巷子尽头横着一条马路，龙井菜市场就在马路对面。

  出巷子后，首先入眼的是香樟树，四季浓荫，像撑开的巨伞排在马路两边。香樟树下有报刊亭、豆浆车、水果档、花木种子摊，逢到清明冬至还会临时摆上香烛摊，卖祭祀所用的各色纸扎物品。

  冬天的时候，豆浆车边上就多出一个烤饼炉子，主人是一位外地口音的女人，看不出年龄，眼睛大而深，皮肤黝红，棉袄外面罩一件粗布围裙，头上戴着绒线帽，从帽檐漏出几缕卷发。好多年了，每到冬天她就出现在这里，面前是一只烧着炭火的铁皮桶，饼是贴着桶壁烤出来的，形状颇像鞋底，本地人叫它大脚板，有咸甜两种口味，如果要吃辣，可以另外刷一层辣酱。

冬天出现在香樟树下的还有炒花生板栗的大铁锅和烤红薯的炉子。这两个摊位制造的香气是浓郁的、撩人的，仿佛就是幸福散发的味道，每呼吸一口都使人倍感温暖，又倍感饥饿。

与炒花生板栗同时出现在香樟树下的还有焐熟了的葛。

外地人不认识葛这玩意儿，疑惑得很，以为那是什么树的树根。更让他们好奇的是，竟然有那么多本地人围在那里挑选，选好一截，过完秤，让摊主用刀切成块状。

"这树根能吃吗？"外地人问。

"不是树根，是葛。"本地人说。

"葛？"外地人摸不着头脑。

"是啊，葛，很好吃的。"

本地人举起一块，剥去皮，大嚼起来。

香樟树下还有卖茶叶的，卖土鸡蛋的，卖蜂蜜香菇干笋的，大多是上了年纪的老人。他们并不吆喝，只是守着面前的东西，过来人问价就回答一句，没有人问便坐在矮凳上，像干枯的树桩，似乎卖不卖东西并不是重要的事，来这里不过就是看看眼前的人来人往，避开晚景的荒凉。

有外地朋友来访时，除了一同去徽州古村落走走看看，另一个必去之处就是龙井菜市场。

领朋友去菜市场，是想让他们感受一下本地的生活气息。曾在某本书上看到过这样的话：要想了解一个地方的井市面貌与风情，最好的去处就是那里的菜市场。去菜市场逛一圈，尝尝本地的小吃，听听本地人用方言交谈、讨价还价，甚至是争吵，都是很有意思的事。

龙王井

龙井菜市场的名字和它所处的位置有关，处于甘棠镇的城东，过去人们习惯把这一带叫作龙王井。

既叫龙王井，那么这里必是有一眼古井了。老辈人说，那里不仅有龙王古井，早些时候还有过一座很气派的龙王庙。当然，后来龙王庙是没有了，从太平天国到不久之后的日军轰炸，再到后来的"文革"破四旧，差不多的庙啊祠堂啊都逃不过劫难，变成废墟。

但龙王井还在，井是隐蔽在地面之下的，不像矗立地面的事物那么容易损毁。只要地下水源不绝，那井就会一直活着。

何况龙王井还是一眼神井。

老辈人说这井里真的住着龙王，农历二月二那天，若是夜半子时去井边，便能看见一条青龙从井内腾空而起，头如狮，尾若鲤，口中发出雷霆长啸，直冲向天。只是谁也不敢在夜半去井边看龙——看见龙的人若是命不够强，很快就会暴病身亡，谁敢拿性命去冒那样的险呢。

当然这只是个传说，是民间的聊斋志异，这方圆十里的百姓倒是有个习俗，小孩出生，须用鸡鸣时分龙王井里的第一桶水烧来洗澡，产妇也要喝这第一桶井水煮的红糖鸡蛋茶。到满月时，家里长辈得抱着孩子去井边，绕井走三圈，说一些感恩和请求保佑的话。若是有人出远门，就在井边抓一把土放在荷包里，再装一壶井水背着，晨昏之时，闻一闻泥土的味道，用井水濡一下嘴唇，保准不会在路上染疾。

甘棠镇的古井是很多的，里仁井、戏子居井、天官井、双井、马蹄井、施家垅井、李家井……分布如棋子，逢旱不枯，逢涝不溢，井内的水始终清澈甘甜，源源不断地供给人们日常饮用。这些古井中龙王井是当仁不让的老大，地势最高，历史也最为久远。究竟有多久远是无法追溯的，也许一千年，或许更久。二十世纪中后期，考古学家在这一带发现了新石器时期的遗址，出土了大量文物（也就是说早在五千年前就有人类在此居住繁衍了）。

五千年的沧海桑田，除了那些不曾在泥土中腐烂的石器、陶器，能够捡拾和亲见的古物已极有限。比如龙王井，我知道它并非只是乡野传说，而是真实存在于这片土地，如同一条神秘幽深接通大地之腹的脐带，只是从没有见到过。

我读中专时的学校就建在龙王井的地段。

每回周末，从家里骑自行车去学校，我都从郊外的老路绕行，这样便可避开城区街道的车流。老路窄小，曲折蜿蜒，因人少而略显冷清，走在其间倒也从容。这条老路刚好穿过龙王井一带的田野，大片庄稼地，中间坐落着不少房子。房子看上去有些年头了，屋檐相衔，门窗互对，进出的人却不多，只有几个老人家在菜地里忙活着。问老人家村里人怎么这么少，年轻人都去哪了。老人家说，年轻人都在城里上着班呢，忙得很，没有工夫回村来。

少有人住的房子难免显得清寂，倒是那些沿着墙根生长的花草不甘寂寞，摇摆着小脑袋，热络地跟路人打着招呼，仿佛它们才是这里真正的主人。

和那些房子建在一起的还有一座被院墙围住的厂房，两层楼，阳台空荡荡，看不见什么人，只隐约听到机器发出的噪音。那时并不知道这里生产什么，因墙上写着"闲人免进"的字，也就没有进去打探过，再说我对工厂也没好奇，只好奇于那眼有神性的古井，它究竟藏身在什么地方。

穿过那片田野时通常是午后，我推着车步行，有时干脆就把车停在大树下，沿着田埂慢慢走着、寻找着，总觉得那古井就在这片田野的某处，屏着呼吸，等我找到它，像小时候和伙伴们玩捉迷藏的游戏，把自己藏在一个角落里，一动不动，等着伙伴过来，一把捉住自己，嘴里嚷道：找到啦找到啦，就知道你在这里。

在那片田野里我找到过很多有意思的东西，画眉窝（窝里还有几只绿色的鸟蛋），兔子洞，废弃的土窑，甚至还捡到过光滑又锋利的石器。但我始终没有找到龙王井。

后来想，或许龙王井不愿被世人找到，隐藏到更深的地下去了。

在当下的时速里，所谓沧海桑田，其实也就是十多年的事。之后不久，那片田野就完全变了样子，成了城区向外伸延的地域，筑起楼盘和开阔的公路。——也是后来才知道，那个写着"闲人免进"的工厂原来是自来水厂，从那里提取的地下水，供给整个城区的人饮用。

久寻不遇的龙王井，或许就在那工厂的院子里吧。

又过了几年，我就读的那所学校也迁走了。再几年，自来水厂的位置多了几座飞檐峭壁、酷似庙堂的建筑。紧挨着这建筑的是一

※ 龙王井

所新的学校，对面是名叫"龙居山庄"的居民区和新落成的老年公寓。

庙堂式建筑的大门为牌楼式，嵌有一块横额，上书"太平龙泉"。两边的圆柱上挂着漆金对联："龙王古井出圣水造福百姓，正法久住促和谐滋润众生。"后来得知这建筑并非庙堂，而是一座生产纯净水的工厂。

纯净水是否从龙王井里引出，不得而知。但我愿意相信，它们确实来自龙王井，这便意味着，始终没有见着的古井还在那里，没有藏到一个更深的地方去，也没有枯干，仍像一条与大地之腹相接的脐带，源源不断地供给后人以甘泉圣水。

洋糖粿

龙井菜市场的小吃摊也是早点摊，只做早晨的生意。小吃摊在菜市场外围，简易的棚屋，一家挨着一家，流水席样摆开长长的一溜，现做现卖，极为火热。到了八九点钟，买菜的人少了，卖菜的人也陆陆续续返回，小吃摊也就灭了炉子，收摊了。

小吃摊的顾客大多是镇子上的，多年的老主顾，除了不知道姓名，面孔是熟得不得了。趁买菜的时候在小吃摊上买一些现成的早点，拎回家，再弄点泡饭豆浆什么的，全家人各取所需，热乎乎地吃着，吃完之后上班的上班、上学的上学，既不耽误时间，每天又都可以翻着花样来。

除了面馆，小吃摊很少设座，买的排着队站在摊子外面，卖的系着围裙站在摊子里面，中间隔着案板、蒸笼和煎锅。喧腾的蒸汽和食物的香气十分融洽地抱成团，氤氲一片，不绝如缕，十足一幅人间烟火的温暖场景。

太平地处江南，饮食习惯当然也是江南的，老老少少都长着一副驯服于大米的胃，一天不吃米饭就像丢了魂。小吃也多以大米和糯米为原料，常吃的有发糕、糖糕、米面、年糕、烧卖、粽子，以及各种馅料的米粿。面食也是有的，包子、大馍、油条、锅贴、大饼……北方常见的面食，这里一样不少，口感也不逊色。然而这些小吃——无论是米食还是面食，皆不为太平独有，国内的大街小巷，只要是有集市的地方差不多都能见到，外地朋友到了这里，当然不能拿这些冒充本地风味让他们品尝。

幸好有洋糖粿。

洋糖粿是米粉做的——将大米洗净，用水浸泡，待米吸足了水变得酥松了，就上石磨磨成水粉。若想洋糖粿的口感松软有黏性，可掺一些糯米粉进去，加适量凉水调成糊状，入锅加热。米糊起泡时捞起，稍微晾再加酵头，和匀，用盖子盖上，密封搁置，使其在静默中秘密完成发酵的过程。

做洋糖粿是需要模具的，模具分木制和竹制两种——当然这是在过去，现在用的模具更多是不锈钢的质地。模具的形状类似大平底锅，内间又有很多蜂巢样的小圆格，圆格是凹下去的，将发酵好的水粉用汤匙舀入这一个个的圆格里，待圆格都填满后，再撒一些砂糖在水粉上，入锅蒸熟。

不知道太平人为什么把这食物叫洋糖粿而不叫红糖粿，因为那撒在水粉上的砂糖分明是绛红色——是产妇坐月子时惯吃的红糖。想必某个时期这红糖颇为紧缺，需从国外进口，就改叫洋糖吧。

猛火蒸个十分钟，洋糖粿就好了，揭开盖，米粿发酵后特有的酒香味在乳白色蒸汽的裹挟下，向人直扑而来。蒸熟的洋糖粿很好看——砂糖融化后在米粿表面呈现出如艳梅的色块，红白相映，吉祥而有喜气。

关于洋糖粿的来历还有个典故，小时候听我奶奶说的。说离仙源不远的村子里有户人家，家里的主妇姓杨，大家都喊她杨婶。她为人厚道，乐善好施，有乞丐到门口，即便自己还没吃，她仍是先舀一碗饭端给乞丐。杨婶已近中年却膝下无子，后来终于怀上了，没过多久，公婆却相继去世，等到要生产时，丈夫又莫名地染上暴病不治而亡。杨婶变卖了家里值钱的东西，将丈夫安葬，当天后半夜，杨婶在几乎

※ 卖洋糖粿的摊子

※ 刚出锅的洋糖粿

丧命的难产中生下一个男婴。

村里人都说这孩子不吉祥，是丧门星投胎，靠近的人会沾染晦气，去探望的人便很少，就连亲戚也渐渐疏远了。刚生下孩子的杨婶极度虚弱，不能干活，日子很快变得艰难起来，孩子还没满月，家里已揭不开锅。就在这时，奇怪的事发生了，一天清晨，杨婶开门时，看见门口放着小半袋米，隔了一天又是如此。

之后的两个月，隔三岔五就会有一小袋米在门口摆放着，杨婶不知道是谁送来的米，又不好声张。

那时刚好是梅雨季，没日没夜地下雨，摆在门口的米淋了雨，受了潮，眼看着就要发霉，怎么办呢？杨婶琢磨了两天，终于琢磨出个办法——把米磨成粉，做成米粿拿到集市上去卖。

家里以前做米粿都是要放馅料的，甜的有芝麻白糖馅，咸的有酸菜腊肉馅。可现在家里什么都没有，怎么办？杨婶这时看见还有一小团坐月子吃剩的红糖在桌上，心中一动，有了主意。

杨婶按逢年过节做发糕的程序做起米粿来。为了区别于发糕，在模样上做了变化，做成扁圆的形状，完成最后一道工序——上蒸笼蒸熟前，她把那一小团红糖掰碎，揉匀，撒在米粿上。

真是天无绝人之路，米粿拿到集市上很受欢迎，没多一会儿就卖完了。杨婶背着孩子，拎着卖空了的食篮往家走，心想，这下孩子和自己都有活路了。

杨婶的米粿渐渐卖出了路子，有了点积蓄，几年后在仙源街上盘了间小小的店面，挂上招牌，摆起米粿摊子来。杨婶算是转了运，之前疏远她的亲戚又上门来了。杨婶也不计较，好饭好菜客客气气地招待。平日里有乞丐上门，端碗往店铺前一站，杨婶就赶紧拿出吃的放进碗里。

杨婶的儿子也争气，后来考举，考中了，几年后在外省谋了个体面的差事，要接杨婶和他一起去享福。已过耳顺之年的杨婶却执意不去，说她要留下来看铺子，她要是走了，那些经常来讨吃的乞丐就得挨饿了。

杨婶儿子说，妈妈你已经施舍了那么多年，已经够了，到老再不享福什么时候享福呀？杨婶说，儿子你可知道，人只要活着就不能忘本，当年送米到门口救我们母子性命的，正是这些活菩萨，一把米一把米从别人家讨来的。

——奶奶每次说这个典故的时候，我都听得很认真，心里想着，下次去仙源老街一定要找一找，看看那挂着"杨婶米粿"招牌的小吃摊还在不在。

后来去仙源老街果真也找过，卖洋糖粿的摊子倒是有好几家，却都没挂招牌，也不知哪一家是杨婶当年所开的。

随着二十世纪六十年代县府的搬迁——从仙源镇搬至甘棠镇，仙源老街也渐渐衰败了，曾经繁华的闹市如今无迹可寻。青石板的街道，毗连的老店铺，在铺子里忙活的店主店员，摩肩接踵的行人，都看不见了。

好在那些小吃摊还在，几度辗转后落脚在龙井菜市场，让我惯于怀旧的味蕾有所寄托，跟外地朋友说道起太平的地方小吃时不那么茫然。

太平面条

说到太平的风味小吃，有一样是不能忽略的，那就是太平面条。

按说面条也是全国各地都有，东南西北，没有哪里见不到，也没有哪里吃不到，实在寻常。不过寻常的面条又最具可塑性——简直就是面食里的变色龙，不论到哪里，它都能融入当地，吸收那里的风土色彩，成为本地独具一格的美食。

太平面条的成名史并不长，不过三十来年，最早出现在龙井菜市场，当它以独有的味道招徕食客，驯养他们的胃口——每日早餐非此

※ 菜市场面馆

面不食后，只有一个门面的小面馆就显得局促了，于是紧邻着面馆边上又有了第二家、第三家——都是一家子兄弟姐妹联手合开的。

面馆增多了，食客也随之多起来，菜市场窄窄的人行道变得更为拥挤。食客在热气腾腾的面馆坐下，吃着吃着又不免生出些狐疑——为什么这看起来并不特别的面条让人吃得上瘾，一日不食就打不起精神，莫非面汤里加了鸦片壳之类？

食客的狐疑也不是全无来由。面馆操作间的灶头上坐着一只大白铝锅，锅里装着高汤——面条煮好，盛到碗里，师傅就用汤匙在白铝锅里转一圈，舀起高汤倒进面碗，再应食客的需要加上各种浇头。

有细心的食客看见，那白铝锅的高汤里不仅有鸡块、大骨头，还有被煮成绛红色不明内容的纱袋，谁知道那纱袋里装的是什么。

起先也只是少数人的猜测，后来不知怎么就变成了一种似乎证据确凿的说法，且越说越玄乎，风传了整个小镇。于是执法部门来了，各种检查、化验，却没查出什么名堂。

那么绛红色纱袋里装的是什么呢？当然不是鸦片壳，而是几种天然香料。据面馆老板说，这香料是他花很长时间配制出来的，除了家人，外间一概不给知道。

"放心吧，没有鸦片壳，一碗面才多少钱，放鸦片壳进去，这不是叫我做贴本生意嘛。"老板笑道。

经过这次折腾，面馆的名气倒是比以前更大了，食客趋之若鹜。不多久，更多的面馆冒了出来，尤其是车站学校这样的人口密集处。

这些面馆里，生意做得最好的要数崔家面馆。

崔家面馆的老板叫崔红，初中没读完就在龙井菜市场的面馆里打杂，做些擦桌子洗碗的事。崔红是面馆老板的远房侄女，也算是亲戚了，人长得伶俐，手脚又勤快，很得老板的喜欢，配香料制作高汤时也不怎么避讳她。崔红在面馆里打了两年杂，渐渐由刚开始的黄毛丫头出落成水葱样的少女，来吃面条的人总是忍不住要多打量她几眼，觉得这样的女孩在面馆打杂真是太可惜了。

果然，不多久就有人来挖墙脚。有家新开业的宾馆让她去上班，工作不累，待遇又高，崔红兴冲冲地去了。崔红在宾馆做了几年，二十岁的时候结了婚，很快生子。生了孩子的崔红比之前更耐看，有了成熟女人的风致，但丈夫说什么也不准她再出去工作，让崔红留在家里，烧饭带孩子。

有一种女人天生就是不适合待在家里的，即便有人养着也不行，那会把她憋死。她的心里鼓荡着一股能量，这能量使她不能安于现状，想要出去闯一闯，干点什么，把能量释放出来。崔红相信自己是可以干点什么的——更何况她还那么年轻。就像一个舞者需要可以任由旋转的舞台，崔红需要有一片天地来让她施展拳脚。

孩子上幼儿园后，崔红从家里走出来了。她没有去宾馆上班，尽管那宾馆说她随时可以回去。崔红借了些钱，在甘棠小学门口盘了间店面，挂起崔家面馆的牌子，把父母从乡下接出来给她帮忙，风风火火地做起生意来。

面馆的面条是崔红自己擀的。一个早晨大概能卖多少碗面，她先在心里打个谱，天没亮就起来和面揉面擀面，把切好的面条放在竹匾里，煮的时候抓一把。崔红和面时会在面粉里掺一些淀粉、蛋清和微量的盐，这样擀出的面条可以搁置，入锅时也不容易煮成烂糊，口感柔韧而有筋道。

崔家面馆开张后，生意出人意料地好。一来崔红选择的地点占了优势，学生上学，来不及在家吃早点的，就由家长陪着在面馆吃；二来崔红长相讨喜，颊边浅浅的酒窝使她看起来总是笑眯眯的样子；最重要的是崔家面馆的浇头很丰富，荤素齐全——即便所有的浇头都不要，只要一碗普通的素面，那面条的内容仍是可观，食客会吃到糯软的大豆、花生仁、土豆丁、河虾、鲜笋（有时是干笋丝）、青红椒，还会吃到口感细腻又有韧性的豆腐丝。

除了这些，崔家面馆还有一样杀手锏——各色小菜。

崔家面馆配给的小菜实在太多了，腌嫩姜、腌黄瓜、腌辣椒、腌豆角、腌萝卜、腌雪里蕻、腌莴笋……总有八九样吧。面馆小菜

※ 吃面条的卖菜老人

是自己家里腌制的，很干净，吃的人拿一个巴掌样大的小碟，按个人的口味自选——这待遇在别家面馆是没有的。

喜欢吃咸菜的太平人在崔家面馆可是找到福利了。你想啊，谁家家里会腌这么多种类的咸菜呢？更何况这咸菜还不让你另外掏钱，也没人限制你吃多少。当然，即便没人来限制，食客也不会吃太多，咸菜吃多了会发齁，灌下多少杯水也压不住那齁劲。

崔家面馆的口碑一下子就树立起来，和其他的面馆有了区别。眼看着崔家面馆的生意那么红火，别的面馆也不能甘心落后，太平街上大大小小的面馆——包括最早在龙井菜市场开张的面馆，都跟上崔红的步伐，如法炮制，使上了"免费提供小菜"这一招。

到这里，太平面条的风味就算是固定下来了，本地人自然是吃不厌，外地人偶尔一食后也是大为惊叹——我有一个到过全国很多城市的朋友，说太平面条的味道是任何地方也比不了的，价格也最便宜。想了一下，觉得真是这样——镇上有家兰州拉面馆，开了好几年了，一碗拉面卖六块的时候，太平面条卖三块，现在一碗拉面卖八块了，太平面条卖四块——那么隆重的配制，价格仍只是拉面的一半。

崔家面馆在小学门口开了五六年的样子。近三十岁的时候，崔红鼓荡在胸口的能量不仅没有被消耗，反而更充实了，她把原先的店面盘了出去，带着父母和孩子去了屯溪——她不想总是窝在一个地方，她要把自己的技艺拿到更大的地方去施展。

崔红离开之后，太平街上的面馆开得更多了，几乎每一个小区、每一条街道都有两三家面馆。龙井菜市场的面馆当然也还在那里开着，生意一直是不错的，锅灶上的蒸汽沸腾，从清晨喷吐到午后。

老林夫妇

老林夫妇在龙井菜市场摆摊有三十多年了。

三十多年来，老林夫妇每天天没亮就起身，拉着板车进城。板车上装着两大筐蔬菜，翠生生的菜叶上结着水珠子，滚过来滚过去，如同山野里清新又活泼的孩子。这些蔬菜都是老林夫妇自家种的，头天傍晚就采摘好了，在河里涮一下，整齐地码在菜筐里。

和菜贩子不同，老林夫妇只卖自家地里种的菜，也卖自家腌制的咸菜、酱菜，还卖挖来的野菜和晒得透透的干菜。逢到年成好，院子里的梨树桃树会结不少果子，老林夫妇一只只摘下，放进筐子里，卖菜的时候顺便把这些果子也给卖了。

　　老林夫妇还卖家养的鸡鸭，也卖它们下的蛋。只要是家里产的东西，除了自己吃用的，老林夫妇都会拿到菜市场去卖，换回一大把零零散散的票子。这些票子面值虽小，积攒下来也是一笔不错的收入。凭着这收入，老林夫妇盖了两层楼的房子，养大了三个女儿，供她们上了大学。

　　老林夫妇生活的那个村子叫马家镇，在镇子东边，是离菜市场最近的村子，从村子走到镇上不过半小时。也是占了这地利的缘故，老林夫妇才能把自家的农副产品及时运到镇上，及时地卖出，变成手里的现钱。

　　龙井菜市场的摊位有露天的，也有不露天的。不露天的摊位在

※ 老林夫妇

　　菜市场里面，和所有城镇的菜市场一样，有固定的摊位，有划分得很明确的区域，各自为政，气味庞杂。露天的摊位在菜市场外面——算是菜市场的外延部分，是专为本地菜农提供的经营场地。这场地虽然简易，简易到连个货架都没有，却更具民间集市的特征，自由、拥挤、热闹、散漫，然而又是井然有序的。卖主们一个挨一个蹲在地上，或坐在自家带来的矮凳上，脸上有长年风吹日晒留下的沟壑，笑容憨厚，没有生意人的精明相，更像是你住在乡下的亲人。

　　如果把龙井菜市场当风景来看，那不露天的部分就是凝固的风景，所卖的物品长年一个样，看不出时令的变迁。而露天的部分则是流动的风景，是季节最直接的呈现，春天来了是春天的样子，夏天来了是夏天的样子，四季都有各自的面目和内容。

　　露天摊位虽不那么固定，但也不能乱摆，谁的摊位摆在哪里，占多大空地，有约定俗成的规矩。老林夫妇的摊位就摆在马路边上，也是进入菜市场必经的路口。在地上铺一块塑料布，把筐子里的菜蔬果物拿出来，堆在塑料布上，便于买主挑选。来老林家摊位前买菜的都是老熟人了，吃惯了他们家种的菜，买的时候不问价不还价，甚至也不看秤。老林夫妇在买主挑选菜蔬时通常会跟对方聊上几句家常话："早上个吃过啦？""今天买这么多，是小家伙们回来了吧？"称好了菜也总不忘从菜堆里抓一把添上去，或者送几根小葱蒜苗什么的。

八点钟的样子,菜筐里就不剩多少了,这时老林就起身到对过的面馆打个招呼,要两碗面条,不多一会儿,面馆里的伙计用托盘端两碗热腾腾的面条过来。老林先接过一碗递给老伴,再端起自己那碗,也顾不上烫,把嘴贴在碗沿上喝一大口,快要漫出来的面汤很快浅下去一截,老林这才夹起面条,嗦溜嗦溜地吃起来。早上起得早,到这个点肚子已饿得像钻进去一只青蛙,咕咕叫个不停。

马家到菜市场来摆摊的菜农不少,有挑着菜筐走来的,有开着三轮车来的,大多是独自一个人,像老林夫妇这样推着板车一道儿来一道儿回的不多。老林夫妇也不止是卖菜时一道,差不多干什么都是一道儿。上山下河,到菜地种菜,到田里种田,两个人总是一前一后,仿佛一个是另一个的影子。

老林的小女儿和我是多年的朋友,有天在她家客厅聊天,聊着聊着就停了下来,注意力被电视上一个谈话类节目吸引过去。节目主持人说欧洲某国有对夫妻,结婚六十年没有分开过一天,干什么都在一起,简直就像连体人那样生活着。主持人问另两位嘉宾对此是什么看法。其中一位嘉宾觉得这是一对令人称羡的夫妻,把蜜月期如胶似漆的生活延续了一生。另一位嘉宾则表示不能认同这种生活,说再好的感情也需要保持独自的空间和适度的距离,六十年里身边时时刻刻都有伴侣的存在，没有一天可以用来独处，这是难以忍受甚至是令人窒息的事。

看到这里时老林女儿颇为不屑，说，这俩嘉宾是典型的知识分子矫情病。对于普通生活者尤其是底层的劳动者来说，夫妻其实就是最为默契的帮手和搭档，一方不在身边时，长年养成的生活习惯就给打乱了。我爸妈结婚快五十年，也是天天在一起，没怎么分开过——我的印象里他们只分开过两次：一次是在上海工作的大姐生孩子那年让我妈去帮忙，我妈去了没两天我爸在家就出事了，赶早卖菜时让汽车给撞倒，幸好只是断了肋骨。第二次是住在合肥的大姨生病，我妈去看她，刚到大姨家，还没喝口水呢，我爸这边就打电话过去，说从梯子上摔下来，把腿给弄折了。我妈很快又赶回家，那以后再也没有离开过我爸单独去任何地方。

不过像我爸妈这样做什么都一道儿的也确实不多，老林女儿说，这也是共同生活养成了他们彼此依赖的习惯。说来惭愧，我们姐妹三个考上大学后就很少回家了，家里那么大的房子，那么大的院子，几十年就他们俩住着，也算是相依为命了。

老林女儿说眼看爸妈一年年地变老，头发白了，背也驼了，她们姐妹便商量着把老两口接出来，每家轮流住，不让他们再种地卖菜——现在又不是几十年前，要靠那些卖菜的钱过日子。但老林夫妇说什么也不愿意,身体好好的,又没有断手断脚,怎么能不干活呢?老林说村子里抛荒的地已有不少,看着就心疼,现在年轻人都不愿留在村里种田种地了,都去城里打工,可不种田不种地将来吃什么呢,总不能啃水泥砖头吧?老林说。

总之老林夫妇就是不肯离开村子,也完全闲不下来,说是闲下来身子骨反倒会作痛,生病一样难受。再说卖了一辈子菜,已习惯了菜市场人来人往的热闹劲,每天和老主顾们碰个面,说上几句话,听他们夸赞自己的菜种得如何肥壮、腌的菜如何好吃,也是很舒心的事。

亲爱的菜市

"从菜市出发寻找幸福,我以为是一条恰当的路径。"这是作家林白在《亲爱的菜市》里写下的话,这句话很励志,有路标一样明确的指引性,尤其适用于务虚者、厌世者,和那些在熙攘的现实生活中常感晕眩和恍惚的人。

我就是这样的人,缺乏生活的现实感,对热闹有本能的抵触,逢到人群聚集之地总会绕道而行，但对菜市场的喧哗热闹却从不排斥。相反，我时常会迫不及待地走向这热闹——尤其在长时间地闭门书写之后，当我关上电脑，走出房间，唯一想奔往的地方就是菜市场，夹杂在小镇最为密集的人群里，蹲下来摸摸土豆，摸摸青菜，摸摸西红柿豆角黄瓜和南瓜，用方言和菜农们说上几句话，让菜市场繁复又坚实的气味缭绕我、浸染我，驱走那尘埃一样附着在心头的虚无。

进入腊月，龙井菜市场就像煮滚了的汤锅，开始沸腾起来。一拨拨的人来了又去，去了又来——不止是住在镇上的人，四乡八里的人也来了，坐着中巴车拥向菜市场，为过年采办足够的年货。

办年货在乡村是一件很大的事，尤其在物质不那么丰富的年代，一年忙到头，辛苦节俭地过着日子，似乎就为了过年时可以奢侈一下、阔绰一下。

二十世纪的八十年代末，我也曾和父亲一起来龙井菜市场办年货。那时我还是学生，全家人住在乡下，平常的日子里，除了油盐酱醋米和豆腐之类，很少买菜，也很少买别的东西，而一到腊月，快过年的时候，是必然要大采购一次的。挎起家里容量最大的竹篮，我们坐上三轮车（那时还没有中巴车），一路颠簸着来到镇上。三轮车里的人多极了，都是办年货的，穿着平日里很少上身的体面衣服，头发

※ 亲爱的菜市

梳得光溜溜，虽然挤得腿脚没处搁，面目却是舒展的。

办年货的内容包括买过年时的各种吃食，给家里老老小小买新衣服，此外还要买年画、买对子。年轻女人还会特意腾出些时间去理发店，把头发烫成爆米花，也不管这样是不是好看，反正过年就是要翻筋一下，让自己有个新样子。

到了镇上，简直等不及车停稳，三轮车上的人就跳下来，直奔菜市场，挤进人堆，再被人堆推着往前走。我紧紧地拽着父亲的衣角，丝毫不敢松手，很快就挤出了汗，心里却很兴奋。每挤到一个摊点，父亲就会问我，这个要不要？那个要不要？我则根据自己的喜好给出回答：香肠是要的，腊鸡腿是要的，皮蛋是要的，虾片是要的，油面筋是要的，鱼和虾当然也是要的……还有过年装桌盒待客必须要有的糕点：明心糖、焦切片、顶市酥、大白兔奶糖、蜜枣、柿饼、葡萄干……这些都是要的。

篮子再大，容量也有限，塞得满满再也装不下任何东西之后，我和父亲便结束了一年一度的大采购，从人堆里艰难地挤出，向新华书店的方向转移——红红绿绿的年画、中堂画和门对子全在那里。

在我工作之后，办年货就变成父亲一个人的事了。说是上班没有时间，其实我是不想再受那种拥挤——小时候于拥挤中感受的兴奋与快乐，在成年之后荡然无存。好在那时父亲已在镇上有了住处——临退休之前，单位给父亲分了一套房子，算是对他晚年的安置，房子离龙井菜市场不远，离医院更近。

对即将进入老年的人来说，在镇上住着，生活确实便利了不少。不过父亲之所以在镇上住着，更多是为了照顾孩子们的生活。父亲退休后就承包了家里的厨事，每天早晨必定要去一趟菜市场，没多久就把菜市场的内情摸熟了，谁家的肉是土猪肉，谁家的豆腐是手工做的，谁家的菜没有打农药，谁家的鸡蛋是家养的，父亲是"门儿清"。

家里不用买菜的时候，父亲仍会拎着菜篮去菜市场打一转。有时早上买过菜，下午没事，父亲又会找个由头去菜市场。

※ 卖豆腐的姑娘

　　非年非节的日子，菜市场在下午摆摊的就不多了，买菜的更少，却并没有因此变得冷清。也不知是什么时候开始，镇上的闲人——更多是退了休的老人，都愿意在这里待着，围成大大小小的圈子，漫无边际地聊天、打牌和下棋。午后的阳光从香樟树的枝叶上滑下，斑斑驳驳，落在他们头上、肩膀上，像极了那些有着斑斓翅膀的蝴蝶，从无人知晓的地方飞来，停栖在这里。

郭村手札

瓦松之花

十月的最后一个周末，在郭村看见开花的瓦松。

徽州乡村，瓦松是常见之物，村子越是古旧，瓦松就越多，稍一仰首即可见到。

瓦松是住在徽州村落里的老灵魂。

十多年前，第一次在老宅荒颓的门楼上看见瓦松，就被其嶙峋之态所慑。灰色的，瘦枯的，又有一种倔强，仿佛不是草本植物，而是几百年光阴留下的一把骨头。

那时还不知此君的名字，问同行的文友，文友说叫瓦松，也叫无根草——她家老屋檐角就长着一排，似镇宅的灵兽。

※ 瓦松之花

　　文友说她小时候经常生毒疮，肿痛难当时，母亲就搭个梯子，爬到屋顶，采几株瓦松下来，捣烂，给她敷上，不出半日，毒疮消了肿。

　　知道名字后，再看见瓦松，就亲切了很多，仿佛它们是我住在乡间的长辈，那些枯瘦、年老、眼角爬满皱褶的亲邻，与之相见，感到温暖，也有说不出的悲怆。

　　为什么会感到悲怆呢？也许是瓦松所生之处，皆是有年月有故事的角落，是曾经繁华而今寂寥萧瑟的地方。

　　郭村就是这样的地方。

　　郭村有八百年历史，是旧时宁国、徽州、池州三府交界之地，兴旺的时候，村里有十座祠堂，店铺毗连，商贾云集。

而今，祠堂的遗址还在，青石板的街道还在，日光与流水依旧在街道流动，往来的人影却极为稀少。

年轻人都出门了，去城里打工，只有老人留在村中，走在过去的石板路上，住在过去的老宅院里，守着日出日落，过着和几百年前一样的生活。

看见开花的瓦松，就是在一户老宅院门口的围墙上。

那围墙只比我高出一尺，踮起脚，额头能触到瓦松。

原来瓦松并不是灰色的，而是比瓦青略淡的碧青，叶片肥润，形似瓜子，花朵则是浅樱色。无数细小的花朵，聚塔而生。

将鼻尖凑近，深吸一口，闻到的是湿漉漉的水气，接近青苔的味道，清凉，静谧。

分不清，这是瓦松花朵的味道，还是村落早晨的味道。

柿子红

郭村有不少柿子树。

在徽州，柿子树，枇杷树，石榴树，都有不少，巷子里走着，不出十步，就能遇到一棵。

这些树错落于村中，倚墙而立。

——也不能说倚，树与墙之间，还是留着一段空地的。

墙很高。徽州古宅的屋墙都是高的，灰白黑三色，内敛中透着高冷，视觉上容易予人压抑感。

好在有果树。

徽州人种果树不是为吃，没有人去摘那些果子。徽州人种果树是为看，一种住宅美学。

枇杷五月黄。石榴九月红。到十月，霜降前后，柿子也红了。

※ 柿子红

"霜降酿柿红"，这是古人的诗句。酿是一个缓慢而迷人的过程。柿子由青变黄，由黄转红，也是一个缓慢而迷人的过程。

关于红色，有很多种分类：大红、朱红、水红、橘红、杏红、桃红、玫瑰红、铁锈红、枣红、绯红等。

觉得还应该加入柿子红。

柿子红是怎样一种红呢？

"落日一样，饱满而沉坠的熟红。"我曾这样比喻。但还不够准确。再好的比喻，与实物总是有偏离的。

柿子红是红色之经典。没有比熟透的柿子更纯正的红了。

冷色调的古徽州村落，有了柿子红的点染，就有了暖意。即使村子里的人与房屋都在老去，只要房前屋后有一棵柿子树，只要有一树红红的柿果挂在枝头，从晚秋挂到初冬，挂到大雪纷飞之日，就还是有生气的。

路过的人，走在铺满枯叶的石板路上，感叹村落不可避免的衰败时，忽然看到一树柿果，在转弯处，那么红，心里会为之一动，宁静又柔软。

穀我士女

在郭村找不到一个郭姓后裔。

郭村的人大多姓林，世代以来皆是如此。这是有些奇怪的，既以林姓为众，为何不叫林村而叫郭村呢？

问村中年长者，年长者说，古时候这里并不叫郭村，而是叫穀城，改为郭村是嘉庆元年以后的事。

"穀"是生僻字，现在很少用了，只在古汉语中可见，通"谷"

※穀城

字，指两山之间的低地，是稻谷庄稼的总称，也有养育、生长、善美的意思。

过去村里有姑娘出嫁，会在陪嫁的器物上贴一副对子："榖我士女，宜室宜家。"年长者说。

年长者说古时称此地为榖城是有原因的，因这里四面皆是高山，山下有千亩平畴大畈，盛产稻谷粮食。"村里兴旺的时候有一万多人口，光林氏祠堂就有十座，每座祠堂都设有私塾，供族中子弟进学。"

林氏并非这里最早的原住民，而是从福建迁移过来的。第一代林姓祖先带着族中十几口人，走到村南时，随行的一只大狗突然趴下，任主人怎么吆喝也不动。主人佯装弃它而去，那大狗仍是趴着，不起身跟上。主人觉得奇怪，这是以前从没有过的事，这只狗平日里脚前脚后，与他形影不离。

主人走了几十步，转身，向大狗趴着的方向望去，脸上突然放出光来，对往前赶的族人大喊，不走了，不走了，这里好风好水，留下吧。

这一留，就扎下了根。

年长者说林氏入村时，村里已有四种姓氏在此定居，田地多，人口少，彼此倒也相安无事。林氏族人繁衍得快，五代之后就成了村里的大姓，那先林氏而来的四种姓氏倒成了杂姓，又过了几代，村里就没有一户杂姓了。

"被林姓挤走了吧？"我问。

年长者笑着点头。

想起一种名叫"一枝黄花"的植物，这种植物的繁殖力特别强大，对环境的适应性也很强，头年在园中看见一两株，翻过一年，会发现园子已被它们占领，而原先生长在这里的花草却看不见了，仿佛消失。

植物之间是有争地之战的，动物也是，人更是如此。看不见硝烟的战争，较量的是生存力与繁衍力。

"在过去，林姓为了不让村里有外姓，立了很多规矩，外姓人是不能在村里落户的，生了儿子的人家才能分到耕地，儿子多田就多，婆媳妇可以是外姓，儿子一律不准入赘到外姓人家。"

忽然想起，"谷我士女"四个字，似乎出自《诗经》。

"叫谷城多好，为什么要改成郭村呢？"

"本地方言里，郭与谷的发音是一样的。谷这个字难写，现在也没几个人认得了，再说过去的城也没有了，以前那么多的东西，都没有了。"

年长者叹息了一声，转过身去。

观音阁

郭村是典型的徽州村落，村头有水口，村中有水渠，渠水沿街而行，一支周而复始的民谣，在日居月诸中低唱。

渠水清澈，可见游鱼嬉戏。村里人用水都在渠边，早上八点前是不能在渠里洗杂物的，尤其上游人家，只可将水担回厨房，储进水缸。这是世代传下来的规矩。八点过后，日头骑上了马头墙，女

※观音阁

人们这才可以把衣服端到渠边搓洗。

村里也有水井，一条巷子走到岔道就有一口，井水是专用来吃的。有了自来水后，井口就封上了。井口太浅，怕孩子追逐玩耍时落进去。

除了街道的渠水，还有一条清水河绕村而流，在村庄正中的石拱桥下与渠水汇合，向村西而去，灌入畈田。

郭村离黟县的宏村很近。从郭村流出去的水，不消一刻钟，就与黟县宏村流过来的河水相接。山水无隔，这是走在郭村的石板路上，随时可与徽州风物迎面相见的原因吧。

郭村至今仍有一座保存完好的桥上楼阁。

在徽州常见这样筑有亭台楼阁的古桥，多为砖木结构，有游廊，有花窗，或单层，或双层。

在桥上筑起亭台楼阁，是为了给行人一个暂避风雨和歇脚观景的地方。徽州属亚热带季风气候，湿润，多雨水，尤其春夏两季，天气变化更是无常，前脚出门还晴着，后脚出门就下起雨来。

徽州人将这些桥统称为风雨桥、廊桥。每座桥也都有自己的名字，比如歙县许村的双孔廊桥，就叫高阳桥。

郭村的这座桥叫观音阁，双层，建于清嘉庆年间，与林氏祠堂遥遥相对。

既叫观音阁，当然就有观音菩萨的佛堂。佛堂在二楼，朝东一排跑马廊。日出时，第一缕光刚出山，就穿廊而入，如同一只金雀，收拢羽翼，落在佛堂的地面上。

观音菩萨的佛像在佛堂中间，从佛像的视线望出去，可观村头的山峦、村中的河水，与一排排高低错落的马头墙。

将观音阁建在桥上，也是为了镇守河流，护佑村庄风调雨顺。

说来也怪，自有这观音阁后，村里的水渠与河流从没有干涸过，也没泛滥过。而之前，村里是发过大水的，水漫过渠道，冲破堤岸，冲毁桥梁，淤塞了河床。

观音阁与村中河渠，是洪水退去之后，村民捐银修建、疏通的。

在观音阁里，至今仍保留着一方两米长的石碑，上面刻着捐银者的名字，有数千位，都是林氏族人。

禁 碑

观音阁里竖着好几方碑刻。

徽州碑刻常见有三种，一为功德碑，一为墓碑，一为禁碑。

从禁碑中，可管窥当时的民风。

禁碑就是乡村公约，由族长耆老商议制定，刻于石碑，立在祠堂、村口和山边田头。

徽州多山，而山高则皇帝远，治理村庄，维护一方水土的安稳，还得依靠乡间贤达人士，依据本地实情，立禁令，树规矩。

为什么要把禁令刻在石碑上呢？为什么不写在纸上，张贴在祠堂或村头？刻石碑多费力啊，要请匠人去山中采石，割石，磨石，磨得光滑如镜，才可在上面刻字。这刻字的过程中不能出丝毫差错，因为不能更改。

还是一种郑重吧，写在纸上虽便捷，却是轻飘飘的，容易破损。而刻在石碑上就不一样了，石碑的厚重本身就是有气势的，刀刻上去的字，加深了禁令的持久性和威慑力。

一方禁碑立在村口，就是立着一尊端正肃穆的护法神。

禁碑的内容有简单明了的，

※ 禁碑

比如"春笋禁挖，违者重罚"；也有之乎者也洋洋洒洒如一篇训诫长文的。

这两种文风的禁碑观音阁里都有，虽经历风雨侵蚀，字迹难以辨认，大体意思还是能领略的。

比如一方石碑上刻着："永禁 ×× 垃圾，违者罚银叁两。"那永禁后面看不清的字迹应当就是"倾倒"了。

比如另一方石碑刻着："稻麦两季永禁烟酒粿糖僧道游唱等项下田……"

此碑有约摸一半的字迹磨平，还是可以猜出七八分意思来。种收稻麦，在农家是大事，关乎一年的收成，这时若有卖烟酒粿糖的商贩不断到田里去吆喝，会扰乱人心，尤其原本就好烟酒的人，忍不住沽酒来喝，喝得醉如烂泥，岂不耽误农事。至于僧道游唱在此时不准下田，恐怕是出于避讳吧——在世人眼中，这些都属于"不发"的人，在种植生养上，不能带来好的运气和兴旺之兆。

还有一方禁碑，字迹清晰，篇幅也长，约有两百字，细读几遍，心里有说不出的喜欢，恨不得拿纸笔抄下来。

这实在是一篇好散文，文辞优美，理情兼具，更难得的是，它所表达的，在当下看来毫无时代的隔膜，仍有棒喝之效。

碑文的意思是：林氏自宋朝告别故土，举家迁往此地，聚族而居已有八百年。村庄背后的来龙山上，先人曾种下大片的树木，培育成林，是为了荫庇阳宅。有树木的地方才有水，有水的地方才能更好地繁衍子孙。树木长成后，从没有人上山砍伐，因为那是先人亲手所植，砍伐它们就是对先人的冒犯，即使是被雪压倒、被风吹断、被雷电劈开，也要让它们留在山上，靠自然之力修复、重生、发出新枝，或慢慢腐烂，变成泥土，滋养其他的生灵。但是现在，村里有无知之辈，带斧持刀入山，窃取木材，损毁山林，如果再坐视不理，必将有更多人纷纷效仿，祖先留下的福地将迅速毁于贪婪，而后辈也将因此遭遇无妄之灾。于是邀集各位乡绅族长，在一起商议，制定禁令，自此日始，倘有内外人等仍蹈故辙，一经查明，或通族议罚，或禀官究治，决不徇情。望各人自爱，不要为自己和子孙留下罪恶与羞耻。

禁碑的落款是"光绪叁拾贰年嘉平月吉日榖城林氏公具"。

来龙山

多年前曾遇到过一本书，《给每一座山取一个温暖的名字》。

怦然心动，为书名。

这么好的书名，作者是怎么想出来的。

后来才知道，这书名出自海子的一首诗。

这大地上的每一条河每一座山都是有名字的。而让我们念念不忘，想起来就感觉温暖的，只是故乡的山。

当然，并不是每一个人的故乡都被群山环抱。除非生在徽州。或者说生在皖南。

皖南每座村庄都背倚一座山，山势或如屏风矗立，或如莲花低开。

郭村背后的山更像一棵大树。村庄房舍则如树下簇生的一朵朵蘑菇。

※ 来龙山

从禁碑上得知，郭村背后的山叫来龙山。

这名字一听就是有来历的，藏着一个古老的传说。但我无意探寻来龙山名的传说。我想探寻的，是一条上山的路，想沿着山路爬到山顶上去。

到山顶上去做什么呢？

为什么会有这样的念头——要到这山顶上去，这山有什么在吸引着我？

生在皖南的人，一生必然要走很多山路，翻越很多山岭，有时出于必须，有时出于好奇和征服欲。但并非每见到一座山都想登上去。更多的时候，我还是喜欢在山谷中无目的地漫游，没有登顶的愿望。

或者是来龙山的古木吸引了我。

几年前，第一次与同伴途径郭村时，目光就被这山上的古木拴住。我认得其中的一些，银杏、枫香、槭树、无患子、乌桕、水杉、黄檗，每一株都是一个巨人，身着华服，怀抱焰火，任其长久地燃烧，寂静又热烈，将村庄的马头墙和天空烧灼得如同红海。

我与同伴定在那里，动弹不得。只听见心口噗的一下，也蹿起火苗，随之一阵痉挛，像一个很久没有进食的人面对盛宴，有几乎导致晕眩的饥饿感，然而又是幸福的。

之后又来过几次郭村，在不同的季节里，每次都会对着山头张望，寻找那些古木，却再也没有寻见。这使我生出疑惑：第一次看见的是真实场景吗？还是我的记忆移花接木，将别处见到的移到这山上？

也许是我来的季节不对。落叶乔木，只在晚秋初冬时才会转色，变红或变黄，之前都是深沉的绿，若不走近是无法辨出它们的。

我想上山，是想寻找第一次看见的那些古木吗？如果爬到山上还是没有见到，会怎样？

那么我会对自己的记忆彻底怀疑。会怀疑自己之前经历的，看见的，写出的，它们的真实性。

事实上，"真实"这个词，就是值得怀疑。

每个人的记忆都是经过加工的，是不由自主的"罗生门"。两个人或三个人经历的同一场景、同一件事，经年之后，各自的叙述会大相径庭，你又能说哪一种叙述是真实的呢？

沿着来龙山的山脚，走了两个来回也没找到上山的路。

向村里老人打听上山的路怎么走。老人愣了一会儿，摇头说没有。"以前是有路的，好久没人走，给草埋掉了。"

以前山上不仅有路，还有田。老人说。

村里人口多的时候，田畈种满了还是不够吃，就去山上开荒，砍掉树，掘出根，将牛赶上山，犁地种苞谷。

就这样粮食还是不够吃，村里人不得不往外跑，去外地谋生路。

再后来，来了长毛，不停地打战，和清军打，和乡勇打，打来打去，到后来是兵匪不分，一个个都成了强盗，进村就杀人放火，趁火打劫，那以后村子就败落了。

老人说的长毛就是太平军。这事并不遥远，也就是十九世纪中叶的事。

但凡战争，不论内外，遭遇涂炭的都是百姓。太平军在皖南和清政府的战役打了十年。十年后，皖南人烟荒芜，处处断壁残垣。

"人少了，地也就荒了，山上的地更是没人种，树慢慢又长了起来，长成现在这样。"老人说。

"后来再没人上过这山吗？"

"也不是，几年前我还上过山的，后来摔了一跤，把腿骨摔折，孩子们就不准我再上山了。"

老人说他的儿女都在城里工作，在城里安了家买了房，平常也没空，只在过年时回来。"村里人家都是这样，孩子大了就飞走了，剩下的都是老弱病残。"

老人的语气里有几分落寞和自嘲，面容却是舒展的。孩子们变成城里人总是好事，给孩子读书上学，不就是巴望他们跳出农门吗。

"你是想到山上找龙洞吧？传说龙洞里藏了很多宝物，是长毛藏进去的，很多人找过，把命丢了还是没找到……这山上有个大碉堡，我年轻时常爬进去，在碉堡里能看见进村和出村的路口，看见村西的大田畈和杨梅溪……"

我微笑着摇头："我不是来找龙洞的，没有路就算了，不上山了。"

我放弃了想上山的念头。即便有路也不想上去了。

龙洞、宝物、碉堡，这些是我之前所不知的，它们或许有，或许没有，闻者不必探究真伪，更不必生出虚妄的贪念。人有格，讲究体面，山也同样如此。面对一座山，允许它保留一些神秘感，隐藏一些不为人知的所在，不去冒犯，就是对山的尊重吧。

老人，老宅，老故事

村里老人很善谈，也和气，见我把相机镜头对着他们，会摆手，说人老啦不好看，脸上还是和气的。

村里老人吃饭时会端着饭碗坐在巷子里。晒太阳、乘凉，也是靠着墙根坐在巷子里。从巷子另一头过来一个人，会站着聊两句话，如没急事，就在一边的木凳上坐下来，慢慢聊。

※ 巷子

　　来了外地人，从巷子里经过，老人会问：谁家的亲戚啊？有时也不问，笑眯眯地看着你，仿佛你原本就是这村里的人。

　　村里的猫啊狗啊，都有点憨，见了陌生人来也不认生。猫自顾卧着，眯眼打盹。狗三三两两，在街上追逐，其中一只略警觉些，朝来人叫两声，很快又贴上来，一会左，一会右，故意让尾巴蹭着你的腿。

　　村里的宅门大多是老木头的，门上有铜锁钉、铜锁环，也是老的。门开着，站在门口，听到屋人有说笑声，进屋后又看不见人——原来是电视机开着，屏幕里坐着几位明星，说笑声是他们的。

徽式老宅，刚走进去总是眼前一团黑，站定了，闭眼，再睁眼，才能看清屋里的陈设：厅堂正中是八仙桌，两边是圈椅。电视机就在八仙桌上。

八仙桌后有个长条壁桌，壁桌上摆着老式座钟、煤油灯、官帽瓶。

壁桌后是壁板，将前厅与厨房隔开。壁板上必然是要挂着中堂画的，《松鹤延年图》，或《牡丹富贵图》，两边是红纸写的对联，过年时贴上去的。

中堂画的边上还有大相框，和对联紧挨着，相框里有不同时期的全家福，也有老年人的单人照，新人的结婚照，婴儿的百日照。黑白泛黄的，彩色的，都在里面，相似的五官，相似的神情，只有服装的样式是不一样的，发型也不一样。

离八仙桌不远的地方有半人高的木火桶。徽州人是离不开火桶的，老人更是离不开，到了冬天，把盖了灰的炭火盆摆进去，人再偎进去，从早到晚地偎着，暖烘烘。

过了冬天，火桶还是在原地摆着，仿佛生了根，只不过没有炭火了。

更老一点的徽式宅子是有天井的，还有画窗和阁楼。郭村这样带天井的老宅已不多了，也不再住人，空在那里，里面堆着些乡间常见的物什：做茶叶的器具，耕田种地的器具。

村里老人说带天井的老宅原本很多的，在他们小时候，这街上两边三进的宅院、五进的宅院，都有大天井。"过去的郭村可比这大多了，有东西南北四个门头，街道能跑马，逛完整条街要磨掉一层鞋底。你现在看见的郭村，不过是过去郭村的东门头。"老人说。

村头就有一栋带天井的老宅，宅子门口的对联很有意思，上联"农业学大寨"，下联"要斗私批修"。

一看就是上世纪六十年代的遗迹。

对联是写在墙上的，字体匀称，还画了稻穗图形做装饰。可见当年执笔的人花了一番心思，是把这当作艺术品来写的。

宅子的门楼虽损毁得厉害，雕刻的人物鸟兽被抠去不少，也还能辨出些轮廓，看出主人建宅时的讲究。

在我仰头观望门楼时，从对面巷子里走出一位矍铄老人，见到我，说你进去看吧，不要紧的。

老人说这宅子有近两百年了，建宅子的人是律师，曾给李鸿章打过官司。

"这宅子的主人叫林泰安，但他真姓戴，假姓林。"

一时没听懂老人话里的意思。不待我问，老人清了清嗓门，接着说道：

这家人的祖上原是衰落的，三代单传，生了个儿子，却从小就是个病包子，父母托媒人说媒，娶了个邻村戴姓姑娘做媳妇。媳妇过门没多久，病包子就死了。翻过年媳妇生了个男孩，坐完月子被她娘家人接走，在娘家一住就是三年。三年后，媳妇带着林泰安回婆家，婆家人也没觉出什么不对劲，过了几年，林泰安就进私塾里读书去了。

林泰安天资好，别人花几天弄懂的，他半天就通了，私塾先生对族长说，这孩子是人中龙凤，将来能做大事。

林泰安性子强，爱打抱不平，村里人打官司写状纸老找他。也真怪，别人写状纸，官司打输了，再请他重写状纸，官司一准能打赢。

林泰安给人家写了不少状纸，得罪了一些人，后来就有人给族长传话，说他不是林家后代，而是他母亲娘家的人，是戴家的子孙。

这还了得，族长派人去查，还真是这样，原来，戴姓姑娘生的小男孩，刚学会走路就死了——外婆把刚烧开的水倒进澡盆，小男孩好奇，在盆边爬着爬着就掉进去，等外婆发现已来不及。小男孩死了，这事让林家人知道可了不得，三代单传，儿子没了，孙子又没了，准要带族人打闹上门来。没办法，只能把这事压下去——拿戴家的孙子，也就是戴姓姑娘的侄子冒充她儿子，带到婆家。

过去这么多年，林家再去戴家闹事也没意思了，但宗族规矩放在那里：外姓男丁不得入林氏族谱，不得进林家祠堂，不能分田分地。

这事也就不能这么算了。

好在林泰安自己争气——也是他的天命，在村里是没有立足之地了，就只有考功名。

林泰安出人头地后，回村做的第一件事就是建宅子。那时有个规矩，不论谁家建宅子，屋檐都不能高过祠堂。林泰安偏不守这规矩，把宅子建在祠堂边，屋檐也比祠堂高出一大截。

他这是要出一口气，也是要争一口气。林氏宗祠将他的名字从族谱除去，又没收了他名下的田地，让他功成名就也还是入不了祠堂，不能认祖归宗，也确实够憋屈的。

老人说到这，又指给我看老宅一边的空地，说那地方原来就是林氏祠堂。

"祠堂怎么没有了？"

"不止祠堂没了，好多老房子都没了。房子和人一样，人要进气和出气，房子也要进气和出气，这样才能活。"

老人说林泰安的孙辈们都在外地，很少回来，就托村里人看护这老宅，白天开门通风，夜里将门关上。

"这村里早先有不少好东西的，我小时候还见过，现在的孩子是见不到了。"老人叹道。

剃头铺子

观音阁往东走三十步，就是剃头铺子。

铺子前面是青石板路，路边是河。

河对面是广场。村里人家晒衣服，晒被子，晒田里收获的庄稼稻谷，都在这广场上。

※ 剃头铺子

剃头铺子是郭村老街唯一的店铺。

不记得剃头铺子的招牌，或许没有招牌。就这么一家店铺在这里，做的是村里老客的生意，要招牌做什么呢。

剃头铺子门口搭了个廊亭，两根长条原木，一左一右，是给人坐的。

剃头铺子的生意也不忙，有时半天没人光顾。但门口廊亭里总是有人坐着，天冷时坐在有太阳的地方，天热时坐在阴凉的地方，说一些家长里短。村里来了什么人，走了什么人，发生了什么事，坐在廊亭里都能知道、都看得见。

剃头铺子的门面很旧了，店铺里的陈设也老旧，上个世纪国营理发店的样子，比那还要简陋，只有一个转椅。

转椅也是老的，老到可以进博物馆，看着又有说不出的亲切。小时候，跟随母亲去街上理发，坐的就是这样的转椅，有点脏，又极舒服，椅背可以放下来，让人仰躺着。

这剃头店里奢华的物件就是镜子，嵌了半面墙，给店内增了不少亮度，添了几分生气，镜前的器具虽也陈旧，看上去也还是亲切的。

镜子一侧挂着个尺长的皮子，泛着油光，剃头前，老师傅要将剃刀的锋刃在上面刮几下。

小时候最怕听剃刀刮在皮子上的声音，一听就心里发毛，鸡皮疙瘩都站起来了。更怕剃刀挨着后脖颈，怕得想哭，又一动不敢动。

剃头师傅的头发花白，却不显老，可能是不下地干活的缘故，也可能确实还不老。剃头师傅的话也不多，你进店，不主动问话，他也不会开口问你，不像城里的理发店那么热情，一进门就上前招呼你。

剃头师傅只顾干自己的活，眼睛盯在顾客头上，很专注的样子。顾客跟他说话，他就回话，说的是方言，外地人也听不懂。

外地人进店，若是拿相机拍来拍去，剃头师傅也不阻止，目光还是放在顾客头上，手脚因麻利而显出从容的气度。

我去过郭村多次，每次都要在剃头铺子里坐一会儿。这剃头铺子里的光线、陈设、气味，让人恍惚，有时光倒流的感觉，仿佛进入一部老电影的场景。

有次去，剃头师傅不在，店铺里空着，没有人，就往后面的院子里走，边走边问可有人，这时出来一个胖胖的妇人，问我找谁。

后来知道，她是剃头师傅的妻子，外村人，嫁过来四十多年了。

她丈夫从小跟着父亲在这店铺里学手艺，学成后就接手这店铺，一直做到现在。"早些年村里人多，一天到晚忙不过来，喝口茶的工夫也没有；现在村里人少了，一天挣不了几个钱。"

"生意不好，还得把店开着，村里年纪大的人，一辈子都在我家店里剃头刮脸，没有这店，剃头就是个麻烦事。"

"这村里过去有很多老店，做糕饼的，弹棉花的，做油纸伞的，打铁的，酿酒的，做豆腐的，都有。现在只剩下我家，也开不了多久了。"

妇人说她丈夫长年站着，腰肌劳损得厉害，一发起病来就直不起腰。

"收一个徒弟嘛，开了这么久的店，不能不开下去啊。"

"也收过徒弟，手艺学到手就走了。后来的年轻人根本就不来这学徒，嫌我家那人手艺过时，老土了。"

一时不知该说什么。

妇人很淡然。她的孩子都大了，在城里工作，收入也不错，每月给家里寄钱，这店铺不开也没什么关系。

倒是我，心里有说不出的失落。

这是一个新生代谢的速度超乎寻常，使人稍不留神，就在熟悉的地方迷路的年代。但是一个村庄，无论如何变迁，都得留着一些标识，留着一些老树、古塔、老房子、老路、老桥和老店铺。如果这些都渐渐消失了，村庄就只是村庄，而不是与一个人骨肉相连的故乡了。

为何去郭村

不记得去过多少次郭村，也不记得最早去郭村是什么时候。我的记性一直是差的，又没有方向感，一条路走上十次，于我仍是陌生的路。

这没有什么不好，算不上缺点，甚至是优点，使我对到过的地方、看见的东西，总是怀有新鲜感。

※ 拍摄郭村

　　为什么会一次次去往郭村呢？郭村不是我生活过的地方，没有留下我的童年往事，去那里显然不是出于怀念。郭村也不是徽州古村落的标本，与离它不远的村落——宏村、西递相比没有特别之处，更没有广为人知的名气。

　　郭村是一个被时光遗忘的地方，寂静，冷清，又荒芜。

　　也许就是这冷清和荒芜打动了我。这是很有可能的，我向来偏爱冷清胜过繁华。唯此能让我生出亲近，愿意走进去，长久驻留。

　　在郭村看见的生活虽冷清，却是乡村生活原本淳朴的样子，闻到的也是原汁原味的乡土气，没有混入人工香精，被商业化篡改。

　　如今太多的古村落已失去了这些，就连日常生活场景也是可疑的。在那样的村落里，一切都像电影布景那样正确、妥当，却不能让人信服，从内心生出家园的亲切感。你明确地知道，置身的地方不过是一个景区，而你的到来不过是扮演游客。

　　在郭村，我没有过游客的感觉。

　　在郭村我觉得自己是一个从远方回来的孩子，可以与遇见的每一个老人聊天，可以走进任何一扇开着的门，讨一杯茶水，再用相机拍摄那些落着灰尘、破败、陈旧，却能让眼前一亮，心生暖意的器物。

　　——想起来了，为什么我会一次次来到郭村，就是缘于那些器物。

石磨、锅炝炉子、狗气死、竹茶桶、蓑衣、草鞋、板车、饭甑、茶箩、双喜罐……这些器物早已失去了制作它们的匠人，日常生活也很少再使用，难以看见，而我在郭村看见了它们。

它们就在路边，漫不经心搁置在那里，仿佛等着主人，随时将它们领回。

它们唤起了我掩埋很久的乡村生活记忆。

我开始拍摄和书写这些老器物，写了整整一年，而拍摄的时间更长。

如今我闭着眼睛也能知道郭村的样子。每一条巷道，每一座房子，每一棵树，都清晰得如同自己的老家。

记得这些是因为我拍摄过它们。

一个缺失好记性的人，随身携带相机，拍摄下眼见之物是必要的。拍摄会帮助人去看见和记住，哪怕拍的是一片树叶，也会记住它与另一片树叶的区别。

在郭村我也拍过一些人，并因此记住了他们的模样。再次去郭村，路上遇见会有特别的亲切感，仿佛他们是我住在乡下的亲人。

有些老人遇见过多次。也有一些老人，后来再也没有遇见过。

始知身是太平人

秋访永丰岭下苏

  去永丰是 2003 年，算起来已隔了整整十二个年头，留在脑海里的画面却依然清晰：盘山而行的乡间公路，路边树林蓊郁，庄稼地、农舍和桑园不时闪出，如文章中的标点，隔一小段就能看见它们。车行在山道上，如同行驶在幽谧海底，阳光穿过树隙扑向车窗，又迅速向后掠去，使人生出恍惚的幻觉，仿佛置身于通往秘境的隧道。

  不知过去多少时间——也许是一百年吧，车子驶出光影斑驳的隧道，眼前豁然开阔，山的臂膀不再合拢着了，而是摊向两边，摊成一个大大的 V 字。

  那些暖黄色块就是此时映入眼帘的，深深浅浅，宁静又热烈，

在 V 字中间铺展、绵延，直
到被尽头的村庄拦住。这场景
多么古朴，又多么熟悉，像极
了梵高在法国南部创作的油
画——《收割中的田园风景》，
只不过眼前的田园在中国安徽，
长江之南。

※ 青山塔

　　和梵高画笔下的田园有所
区别的是，眼前的田园里有不
少古木，银杏、乌桕、苦楮、
枫香，彼此隔着些距离，单独伫立着，酷似忠于职守的守望者。这
些古木在春夏之季皆是绿色，而到了秋天，它们的颜色渐渐就有了
区分，银杏金黄，乌桕绛红，枫香金红。只有苦楮依然故我，保持
先前的深绿，奉行以不变应万变的哲理。

　　那次去永丰确切的月份已不记得，凭着印象里的画面推测，应
是仲秋后的光景，尤其在进入此行的目的地——岭下苏村后，浮动
在空气中的桂花香气，使我对时间的推断有了更为确凿的依据。

　　桂花的香气是看不见的向导，在村口迎接了这一行因文学而聚
首的拜访者，领我们走上青石板路，穿巷道，过老石拱桥，来到一

栋门头匾额刻有"海宁学舍"字样的楼下。

楼有两层，中西合璧式，在徽派建筑风格的基础上不着痕迹地植入西方元素，尤其是二层的阳台和窗户，如今看来仍有很强的现代感。

"这就是苏雪林当年读书的地方吧？"同行者中一位年长的老作家问。

"是的，"我答，"苏雪林在她的散文里写到过，她的祖父在浙江当县令时曾寄银两回老家，修建了书屋和私塾，供苏氏后代在此修学。不过苏雪林在这里学习的时间很短，她的出生地不在这里，年少时大多和兄弟姐妹一起，在祖父任职的县衙里生活，直到民国

※ 海宁学舍

初年，祖父辞官返乡后方才回到太平，那时她差不多已是个二八少女了。"

"不愧为苏雪林的同乡，对她的生平了解得这么详细。"老作家递过一个微笑的表情，赞道。

说来也怪，虽是第一次造访苏雪林的故居，对村里的地貌却毫不陌生，眼前所见皆有似曾相识的感觉，仿佛自己的童年就在这里生活过，在青石板的小巷里奔跑，在穿村而过的河流里凫游，以捕鱼捉虾为乐。

其实在造访永丰岭下之前，我早已通过苏雪林的作品神游过此地，知道这是一处可与武陵桃花源媲美的地方。苏辙后代——也就是苏雪林的先祖离开四川，几度辗转后选择在此定居，就是看中了这里得天独厚的自然条件。徽州自古山多田少，故有"八山一水半分田"的说法。但是在大山深处，往往也会藏着宝地，既有山水，又有足够广袤肥沃的土壤。永丰就是这样的所在，与永丰相邻的新丰、新华也是这样的所在，这三处宝地合称"三丰"，历来就是太平人的粮仓。

拥有"良田美池桑竹之属"的永丰是富庶的，维持了苏氏家族几百年来的兴盛，族人中经商做官者颇多，还出了一个号称"苏百万"的大户。富庶是福，有时也是灾祸的根源，尤其在整个国家

※ 收割后的田野和村庄

※ 苏氏宗祠内的木雕

处于战火频仍的乱世。二十世纪初的几十年，永丰就因富名在外而频遭劫匪的袭击。

在苏雪林的自传体小说《棘心》里，就有匪兵入村抢劫的场景描述。"匪到吾村后，分为两股，一股往抢宝善堂，一股则来吾家。各房细软，搜取一空。匪临去时，取出我家所储洋油，声言放火焚屋，母亲苦苦哀求，匪始未下毒手。而彼时宝善堂火光烛天，百余间老屋，数十载精华，皆付之一炬……"

那场劫难使村庄元气大伤，好在损失的不过是房屋钱财。钱财原本就是流动之水，不会停留在一处，只要人在，脚下的土地在，一代代的生命仍旧会延续下去，家园也就不会长久地荒芜。

海宁学舍盘桓片刻后，顺着一位老妪的指点，我们这一行又朝着苏氏宗祠的位置寻去。苏氏宗祠在村庄中央，从外观上看，和徽州别处的宗祠没什么区别，正面门厅为五凤楼建筑，两侧八字墙上饰以细腻的砖雕。据说苏氏宗祠建于元末明初，后来又重修过几次。

每一次重修前都遭受过人为或自然的损毁，但它始终没有和同时期的建筑一样变成废墟，从村庄里消失，也算是一个奇迹了。

苏雪林的散文里曾写到过这座宗祠："村中有一座祖宗祠堂，建筑之壮丽为全村之冠，祠中供奉着苏氏历代祖宗的牌位。每年冬至前夕为阖族祭祖之日，牲醴极其丰盛，直到元宵过后祭礼始告完毕。宗祠不唯是宗教中心，也算是政治中心，族中人若犯了罪须送官惩治者，为省事起见，开祠堂裁判，治以家法。在故乡那个乡村里，祖宗的威灵有时似乎还在天老爷、佛菩萨之上，生灾患病祈祷祖宗

※ 苏氏宗祠正门

赐以安宁，求财谋禄恳求祖宗保佑顺利，祖宗的神灵永远在子孙头顶上回翔着、看顾着、保护着。"

如此看来，苏氏宗祠之所以能经历数百年光阴，安然立于村庄中央，也是一种坚固而庄严的宗法力量在维护它吧。

走在村庄巷道里的时候，老作家不时停下脚步，用相机拍摄那些散落在角落的古迹。在一户人家门前老作家还发现了明代的上马石，瓦当和古瓷陶的碎片就更多了，每走一步就能在路边的泥地里看见。"这些就是历史的见证啊，记忆着农耕时代的文明，也记录着一个村庄的兴衰史。"老作家感叹道。

在村庄里行走时我有一个奇怪的感觉，觉得苏雪林也在这里，并且是年少时的形象，在种满花草的院中读诗作画，和她的兄弟姐妹一起捕捉昆虫，或端着瓷碗，大口喝着母亲煮给她的红豆羹。

苏雪林在故乡居住的时间并不多，但她一生最为美好的时光是在这里度过的。在外求学的那些年里，每逢寒暑假，她都会不辞辛苦，千里迢迢地回到故乡。因为故乡有母亲，像一只盼望雏鸟归巢的老燕那样，每日眼巴巴地望着入村的路口，等着女儿的身影出现，向她飞奔过来。

始知身是太平人

纷纷红紫已成尘，

布谷声中夏令新。

夹路桑麻行不尽，

始知身是太平人。

——陆游《初夏绝句》

读陆游的《初夏绝句》会有一个错觉，觉得他是我的乡党，住在江南的某个小镇，甚至就住在附近的某个村落里。

事实上这不是错觉，而是直觉。这首诗的背景地就在江南。陆游的出生地在浙江山阴（现在的绍兴），除去中年时期曾在福州、四川等地任职，诗人的青少年和晚年就是在江南度过的。

从陆游的这首诗里看，八百年前的初夏和现在没有什么不同——如同尘烟里的纷纷往事，春天姹紫嫣红的花儿到这个时候都落了，山间回荡着布谷鸟和子规的啼鸣，像召唤游子，又像呼应这正在生长的万物。田里蓄着水，只等农人栽下碧青的秧苗，遍野的桑麻掩映着村庄，使看不见尽头的乡村小路更为幽谧，宁静悠长。

现在，此刻，我所置身的初夏光景也是如此，简直分毫不差。在这首诗里，八百年的时空距离可以归零。

这首诗的诗眼是末尾一句，"始知身是太平人"，正是这句，使我对陆游生出乡邻的亲切感，片刻的恍惚中，觉得自己就是这首诗的作者。

因为我就是太平人，一个地道的太平人。

在我出生时，我生活的这片地域就叫太平县。这个地域名的来历很古老，地方志中记载说是"建于唐天宝十一载"，一千多年来，在这片土地上出生的人都是太平人。

太平人说话带有浓郁的地方口音。在本地倒没什么感觉，一出县界，这口音就成了一张公开的身份介绍信，只要一张嘴一发音，就会有人很有把握地说：你是太平人吧！

也不止是太平，徽州每个区县的语言都有明显的地域特征，每个村庄的语言也带着各自不同的音标和声调，"三里不同言，五里不同俗"，这是很有意思的。之所以如此，是因为徽州特有的地貌——山多，河流多，很自然就形成了一道道屏障，哪怕是一山之隔，也有可能终生不得碰面。很多人一辈子就住在自己的村落里，一辈子只在自家门口的土路上往返，没有出过远门，也不知道山外的世界是什么样子。

说起来我也算是一个没有出过远门的人，始终居住在太平这"邮票大小"的地方，除了几次短暂的离开。

刚出校门的那几年，曾很强烈地想要离开太平，去往未知而又充满了可能的远方。人在年轻时大多是这样的，把生来就有的东西当成束缚，想尽快地挣脱，包括自己的亲人和家乡。

当身边熟悉的人都在离开，随着打工潮去了经济特区和沿海开放城市，隐秘的渴望就变得更为焦灼，但终究因为性格的原因——胆小、怯懦，缺乏孤注一掷的勇气而不敢迈出离开的脚步。

那段时间我经常做一个相似的梦，手里紧攥着车票，奔跑着赶往火车站，让人难过的是，总是不等我跨上车门，那辆载满了人的远行列车就启动了，把我孤零零地丢在路边，呼啸而去。

好在没多久我就为自己找到了另一种远行的方式，那就是阅读、写作，这种方式也是比较适合我的，不需要冒什么风险，通过书籍的阅读和文字的想象，在自己的房间里就可以抵达无数个远方。

我渐渐习惯了这坐井观天、按部就班的生活，随着岁月的流逝，"离开这里"的渴望像一颗融化在水里的药丸，变得若有若无了。尽管如此，在情绪低落或感到压抑的时候，还是会想念远方，如同想念一个还没来得及相爱便告别的恋人，为自己在年轻时没有及时

※ 湖边垂钓

离开这偏僻之壤去见识外面更为精彩的世界而默默沮丧一番。

直到三十多岁的时候，遇见一位从美国回来的海归朋友。他说，这二十年里，他跑遍了中国各地，也到过很多国家，相比之下还是觉得徽州最好。

看我满脸疑惑的神态，他接着说，你不知道，现在很多地方的环境都破坏了，哪里见得着徽州这么好的山水。经济发达的地方生活节奏又快，压力大，人人脸上写着焦虑，可不像生活在徽州的人这样清静悠闲。"经过太平湖的时候，看见很多人在湖边垂钓、游泳，就特别羡慕，这才是生活应有的样子啊。"

朋友说他准备在徽州买一所民居，以后也不去别处了，就住在这里，爬爬山，钓钓鱼，再租一块地种种花草庄稼，"生在徽州真好，随便一条路走进去就是风景区，那么多的山，一辈子都看不够"。

这次交谈对我是很有触动的，我试着用外来人的眼光来打量自己的生活之地，觉得看惯了的景致一下子变得生动起来，就连每天上下班走的那条路也变得迷人了，路边的竹林、花草、溪流、村庄，以及村庄上空漂浮的淡淡炊烟，都和以往不一样，充满古朴的诗意。

即便有了这位朋友的提醒，使我感受到生在徽州的福分，但真正让我意识到自己对这方水土的依赖，还是几年前一次短暂的离开。

那次离开其实只有七天，所去的地方也不远。一位在南京的老同学反复地给我打来电话，让我去她新成立的公司里工作。她说太平的山水是好，可你也不能把自己的一辈子搁在那里呀，你那么优秀，又没有家事牵绊，应该走出来，趁着还没有年老，尝试一下不一样的生活。

老同学的话是很有煽动性的，我想，也是啊，为什么不尝试一下。

见我有所动心，老同学干脆开车过来接我，不容我犹豫便把我推上了车，她说你先跟我去，实在适应不了你再回来。

老同学把我带进她新购买的写字楼里，办公室布置得古典优雅，整面墙的书架，仿古实木的办公桌，桌上摆放着电脑、打印机和两盆绿植，茶几也是仿古的，上置一套精致的紫砂茶具——看上去简

※ 太平湖

直不像是上班的地方，更像一个家庭很舒适的书房。

"怎么样，喜欢吗？"老同学问。

"喜欢。"我环顾四周，心里充盈着就要开始新生活的快乐。

然而这快乐不久便瘪下去了。第二天中午，站在办公室的落地玻璃窗前，看着外面混沌的天空，天空下密集的楼房、街道，和更为密集的车流，忽然就觉得呼吸不畅，晕眩，喉咙发干。

第三天、第四天，晕眩和干渴感仍困扰着我，比之前更严重，我感到自己像一棵拔出土面的植物，就要枯萎了。

我明白这干渴感的来由，它不是生理的缘故，而是心理，或者说精神的脱水。

我原先工作的地方，窗户外面是对着一面湖的，稍一抬头，目光就会落在澄澈的湖心，落在远处静卧如佛的山峦上。我曾为这湖

※ 山湖一色

写了一本书，记录下它四季和晨昏不同时候的颜色，我还为这湖写了几百首诗，拍摄过几千幅图片。湖像一个钟爱着我的神灵，随时都能赐予我灵感，无论心里多么烦扰，只需走到湖边，就会获得涅槃般的宁静。

老同学看我蔫巴巴快要生病的样子，没有再勉强。当我坐上返回的车，在车窗里重又看见熟悉的田野，淤塞在喉咙里的干渴感立马就消失了。我使劲地呼吸着从湖面吹来的湿润空气，望着无比亲切的湖水和山峦，有种松了绑的轻松。

没办法，我是早已被家乡的水土豢养，无法再离开了，那么就守在这里，做个安于一隅的太平人吧。

无事且饮太平猴魁

春夜是一枚回形针

把我别在窗前

扫雪煮茶，剪灯初话

月光如一架订书机

把制度、门和我都订在一起

我像按图钉似的，把头按进风景里

胡兰成一红，就俗了

有些书需躲起来读

人老腿先老，宛如局部麻醉

生活即请君入瓮

无事且饮太平猴魁

——杨典《太平猴魁》

几年前常去一个诗歌论坛，在论坛里读诗，也把自己新写的诗贴到论坛。那段时间是我的诗歌狂热期，打开电脑，最先做的事就是点开收藏夹里诗歌论坛的网页，浏览过后才能安心做别的。

有天，记得是下过春雪的早晨，点开页面就读到《太平猴魁》，重庆籍诗人杨典的新作，心跳骤然加快，仿佛意外撞见写给自己的情诗。

太平猴魁是我的家乡茶，仅看见这个标题就叫我眼眶发热。

我的出生地就是太平猴魁的产地——太平湖上游的新明乡。我童年和少年时期的乐园就是屋后的茶园，我最早认识的植物是茶树，最为上瘾或者说生命中最不可或缺的味道就是茶之味。

至今仍记得第一次采茶的情景，是在母亲教书的一个名叫夹坑的村子。坑在本地方言里是河谷的意思，新明乡有很多村名都带个坑字，荷花坑、猴坑、箬坑、招坑、桃坑、芦溪坑……那时的茶山归集体所有，村里人全听队长分派，赶大清早在晒场集合，到指定的山头去采茶。差不多快到中午时下山，把装得满满的茶箩送到茶厂过磅，记上斤数。茶季结束时，再按统计的斤数由队长分红。

每到茶季学校就不上课了，有半个月的茶假，学生回家帮大人干活，老师则留在生产队和茶农们一同上山采茶，采下的茶叶同样

※ 与村庄同居的茶园

交到茶厂过磅。我最喜欢放茶假的这段时间，仿佛这是一个集体的隆重节日，村里男女老少全都在做着同一件事，采茶、拣茶、制茶，从天亮忙到天黑。这样忙碌，大家看起来却都是很开心的样子，手里干着活，嘴里也不闲着，说笑打趣逗闷子，连我那性情严肃难得一笑的母亲也松开了眉头，对我的管教也没有平常那么严厉了。

第一次采茶时大约六岁，还没有上学，当母亲把一只小茶篓系上绳子挂上我肩头后，不等她吩咐我就蹦出了门。

夹坑是隐藏在深山腹地的小村，从山顶往下看，隐约可见的房舍真像是落在绿色的坑洞里。二十几户人家，呈 L 形分布，中间巴掌大的一块平地，供村里晾晒东西。因为山的遮挡，日头在村里逗留的时间也就短了，像急着赶路的客人。一条涧流沿着山根缓缓流淌，弹拨着悦耳的曲子。到初夏的梅雨季时，涧流会在一夜间改变性情，变得泼辣甚至疯狂，发出轰然的激流声。

涧流对岸就是茶山坡。我背着茶篓，摇摇晃晃走过独木桥，到了对岸。说是对岸，其实还是在村子里，可以看见我和母亲借住的小屋子，听见屋后的鸡啊猫啊狗啊闹出的动静。我在和我差不多高的茶树下停住，学着大人的样子，将衣袖挽起，开始采茶，没多一会儿就把这棵茶树的叶子摘得干干净净。

母亲已收拾好家务活准备上山了，在屋子里叫我，没人应，又跑到门口叫：丽敏，丽敏。
我赶紧应了一声，放开手
里的茶树枝，呼啦一下就
出现在母亲跟前，得意地
举起小茶箩，期待从母亲
脸上看到欣喜的表情。正
好队长也走过来，伸手从
茶箩里掏了一把，大笑道：
小丫头采茶是片甲不留啊，
新叶子老叶子一把捋来了，
厉害厉害。

队长有个爱好，每次
看电影总要学几句新词，
茶季前村里来过放映队，
估计"片甲不留"就是他
刚从电影里学来的。

很快我就知道，采茶
看起来简单，却是有讲究
的，不能夹带老叶子，不

※ 茶山小路

能留太长的叶柄，每支茶的长度要均匀，有虫眼的叶子不能要，发黄发红的叶子不能要，小小的托叶也不能要，炒出来会发焦，没卖相。

在茶季，最热闹也最有趣的地方还是茶厂。

茶厂是每个村子都有的，也是村里最大的房子，可容纳几百人。茶厂不只是制茶的地方，也是全村人商讨事务和娱乐的地方，队长召集开会、村里人家办红白喜事、电影队过来放电影、过年过节请戏班唱戏——偶尔还有玩杂耍和说大鼓书的走进村，都把场子摆在茶厂里。

茶厂也是孩子们的游戏场，在水泥地上画出线格玩跳房子，在粘满蜘蛛网的角落玩躲猫猫，或模仿电影里的情景玩"好人和坏人

※采茶

打战"的游戏。到茶季孩子们就玩得更起劲了，晚饭一落肚便跑到茶厂。茶厂里吊着七八盏灯泡，大得像葫芦，把平日里黑咕隆咚的屋子照得亮堂堂。孩子们个个变成小疯子，相互追赶着，在地上厚厚的鲜叶堆里翻跟斗，滚成一团儿。大人不停地过来驱赶：死小鬼，看把茶叶都弄脏了，出去出去。可是没用，孩子们刚被赶走，一眨眼又滚进去了。我喜欢把头扎在茶叶堆里闻茶叶的气味，新鲜茶叶的气味浓郁到可以触摸，可以大口大口地吃进肚子。在我童年的记忆里，除了父母的体味，给我强烈感官记忆的就是茶叶的味道，只要闻到这味道就感到安宁，说不出的舒坦和快乐。

孩子们终于还是被大人们赶回家睡觉去了。茶厂的灯光通宵亮

※ 烘茶

着，炒茶机也不停地翻转着，直到后半夜村庄才陷入万籁俱寂的宁静中。

在我十岁的时候，热闹的茶厂忽然就沉寂，人们不再把采下的茶叶送到茶厂，交给"公家"制作，因为茶园不再归集体所有，而是包产到户分到个人头上。

这一年我和母亲已离开夹坑，回到自己家所在的村子——招坑。招坑也是藏在深山腹地的村子，和夹坑一样山多地少，住户却要比夹坑多得多，有七十多户人家，大多姓项，论起来也都算是亲戚。

※ 猴坑村全景

从这年开始，茶叶的采制就变成各家各户的事。每户人家在屋后都砌上了专用来炒茶的大灶台，请竹匠到家里来编制烘茶叶的成套器具——茶箩、簸箕、竹匾、烘圈、烘顶。在茶季开始前就准备好足够的柴火，足够的木炭和食物。

童年的记忆里，除了过年就数茶季吃得最为奢侈——这也是我喜欢放茶假的原因之一。冬天腌的咸鱼腊肉这时都搬出来了，挂在屋檐下，做饭时割一大块，切成薄片蒸在饭头上。春分前腌制的鸡蛋鸭蛋到这时也已入味，洗去外面裹着的一层黄泥，煮熟后切开，

红艳艳的蛋黄冒着油脂，看着就流口水。

为茶季准备的食物里少不了的有清明馃和蒿子粑粑（类似青团），做好后用加了盐的冷开水泡着，隔三五天换一次水，可以存放很久。吃的时候捞一只，在烘茶叶的炭火上烤一烤，烤到表皮发鼓，散发出米食特有的焦香就可以吃了，不费时间。在茶季，时间会变得很宝贵，茶叶跟疯了似的呼啦啦地生长着，稍微耽搁一下就老了。

在茶季除了这些还得准备便于携带的干粮，锅巴、炒米、花生糖和冻米糖。家境好一些的人家还会特意买些麻饼存在家里，上山时带上，饿了就拿出来垫肚子。

我家五口人，分到三块茶园：一块在自家屋后馒头形的矮山坡，

※ 种茶

几分钟就走到了；一块在离家五里地外的深山坞里；另一块在海拔四百多米的高山上，从山底沿着弯曲陡峭的小路爬到茶园，得花一个多钟头的时间。

茶叶的品质如何很大程度上依赖于生长的环境。我家这三块茶园的地势差异大，味道也有明显的区别。屋后的茶园几乎算是落在村子里，与人烟同居，山头低矮，日照长，长出的茶叶偏于薄瘦，味道清寡不耐泡。但是这块茶园也有它的好处，因为光照充足，生长期比另两块茶园要提前好多天，等另两块茶园的茶叶到了需要采摘时，屋后山头的茶叶已摘过头茬，不至于挤到一起让人手忙脚乱。

深山坞里的茶园沿着狭长的山谷生长，是三块茶园里地势最低的，两边簇拥着密密的竹林和灌木林。立春后，林子里的野花一茬接一茬地开起来，兰花、樱花、杜鹃、紫藤、野蔷薇、瑞香、金樱子，还有长在溪边大片大片的白水仙，芬芳溢满山谷，浸润着还在酣睡中的茶树。清明前，茶树终于被春野迷人的气息唤醒，毛茸茸的芽尖从枝头心形苞叶里钻出，像刚出生的孩子那样，出于本能地吮吸起来，把密布空气无处不在的香气吸纳到自己的身体里。

三块茶园里，生长得最为迟缓的是高山冈上的那块，这里的茶叶也是三块茶园里味道最好的。

茶树是很有意思的植物，生长在低处或离村庄很近的地方，它的味道里就会多一些苦涩，而若是长在"行至水穷处、坐看云起时"的云雾深处，它的味道也就沾了世外的仙气，脱胎换骨，苦涩是一点也没有了，取而代之的是浓酽的茶香和缭绕舌尖绵长的回甘。

高山冈上的茶叶枝条也是最为肥壮的，叶片厚，色深，多白毫，可能是日照少生长缓慢的缘故吧，使得它们有时间充分汲取地下的养分，吸收自然万物吐纳的精华。

包场到户后，茶叶的出售也是茶农自己家的事，制好的茶叶要

※ 高山茶园

么送到茶站的收购点，要么就留在家里等茶商上门收购。尽管高山冈上的茶叶味道最好，卖价却并不好，因为采摘得晚——我们村有个不成文的惯例，茶叶的价格和时令紧密相关，最早采制的茶叶价格通常是整个茶季最高的，随后便以递减的方式，一天一个价地降下来。

高山冈上的茶叶卖不上价还有一个原因，我父母虽是农民出身，对农事却并不十分精通，尤其是制茶的技术——他们只会做普通的奎尖，不会做讲究的猴魁。好原料得不到精细制作，自然就得不到与之匹配的待遇了。

奎尖的制作也是转统的绿茶制作，先在炒锅里杀青，再揉捻，然后摊进烘顶里用炭火烘干。这三个步骤说起来简单，操作起来也是需要一定功夫的。比如杀青，就是用手当锅铲，在高温的铁锅里翻炒鲜茶叶子，性急的人很容易把手指触到铁锅上烫出燎泡；经验不足也不行，要么把茶叶炒过了火，杆子焦了，叶子起泡了，要么炒得过嫩，鲜叶子的青气还没有去掉就捞出锅了。

揉捻茶叶要简单一点，把炒好的茶叶捞进小竹匾里，双手将茶叶拢成堆，以顺时针的方向，揉上几个来回。揉捻茶的功夫主要在力度的把握上，不能轻，也不能过重。小时候不明白茶叶炒好后为什么不直接烘干，而要如此这般地揉压一番，后来看书，才得知这其中有着类似于化学反应的奥妙，书上说"揉捻时茶叶的细胞壁被压破，促使部分多酚类物质氧化，减少炒青绿茶的涩味，增加浓醇味"。

制茶的窍门别人是没办法教的，只能在不断的操作中自己去体会。制茶也是人与茶叶相互交流、相互了解的过程，制茶者只有把整个心思用上去，去细心感受和领悟，茶叶才会慢慢地向你吐露它们的秘密，展示给你它们最好的状态。

在我家，制茶的前两个步骤——杀青和揉捻是父亲干的活，母亲负责的是烘茶这一步。

烘茶也分三个步骤，一烘、二烘、三烘。地上摆三个烘圈，三盆炭火摆在烘圈里，上面支着烘顶。揉捻好的茶叶先摊进第一个烘圈的烘顶，烘至半干再倒入第二个，这中间要适时地给茶叶翻面，使茶叶受热均匀。等茶叶烘至大半干时再倒入第三个烘顶，这只烘顶下的炭火盖的灰要厚一些，不至于把茶叶烘过火候。

母亲在三只烘圈前弯腰弓背翻烘着茶叶，一点也不敢大意，烘干的茶叶最后会变成苍绿色，倒进一只大竹匾里。

我的父母都属羊，不知是不是因为这个原因，两个人从年轻时候起就爱抵角，动不动就吵起来，在我的记忆里家里很少有和平安宁的时候，但是整个茶季里，父亲母亲像是忘记吵架这件事，只是不停地干着活，两个人言语不多，配合却十分默契。

不吵架可能也是两个人的全部精力都放在茶叶上，没心思理会别的事，再说整个茶季人都是又忙又累的，到半夜往床上一倒就困得像团瘫泥，哪里还有工夫生气吵架呀。

也不止是我的父母，村里以往隔三岔五便要吵架的婆媳妯娌，一到茶季就自动讲和，平安无事地相处着。如此看来忙碌也是很好的事情，尤其是全家人齐心合力地忙着同样一件事，彼此之间的合作、相互需要，会使关系变得更为融洽。

半个月的茶假很快就过完了，母亲回到学校教书，我和哥哥回到学校上课，父亲也到了该去上班的时候，家里只留下奶奶看守着屋门。有茶商来村里收购，奶奶就把做好的茶叶拿给他们看。茶商抓一把，闻了闻香气，伸出手指报了一个价，奶奶一听便摇头，对方又报出一个价格，奶奶还是直摇头。见价格谈不拢，茶商也不再多啰唆，起身走了。

奶奶摇头的意思其实是表示没听清茶商在说什么。奶奶快九十岁了，听力不好，跟她说话要像打雷那样才有效果。

眼看着就要立夏，我家的茶叶还有不少在屋里搁着。好在我家不靠茶叶过日子，父母都有工作，工资虽不高，维持生活还是绰绰有余的。没卖掉的茶叶搁家里也不是事，父亲干脆拿它们做人情，

※ 深山里的村庄

买来一摞印有"新明奎尖"字样的茶叶袋，装好封口，作为土产送给城里的亲戚朋友们。

村里茶叶卖得好的就是那些会做猴魁茶的人家。住在我家隔壁的春生就很会做猴魁茶，为了掌握制茶的技艺，春生刚满十八岁就背着自己的铺盖，到猴坑和猴岗当了两年茶工。

猴坑和猴岗是两个紧邻的村子，一个在山下，一个在山顶。这两个村子就是太平猴魁的核心产地。

猴岗离夹坑很近，不过一山之隔的距离。母亲到夹坑教书前就是在猴岗教书的，那时我还没有出生。在夹坑教书后，母亲曾领我去过一次猴岗，看望曾照顾过她生活的老房东。

我对猴岗的记忆是，那条上山的路弯来绕去，似乎永远也爬不到尽头。母亲背着我走一段，然后把我放下来，让我自己走一段，走累了就坐在路边石头上歇一歇，喝两口水壶里的凉茶，拿出一只麻饼，掰半块给我吃，另半块仍用油纸包好塞进布包里。

在我吃麻饼的时候，母亲很警惕地听着周围的动静。母亲说这山上有很多野猴，会和人抢东西吃，我一听吓得不得了，三口两口就把麻饼吞进肚子。

幸亏在路上遇到个熟人，和母亲聊了两句话便在我面前蹲下，没等我明白怎么回事就将我揽到背上，蹭蹭蹭大步往前走。那么陡的山路，在他脚下仿佛就是平地，一点也不当回事。后来听母亲说，以前她在猴岗教书的时候，每次上山都要走半天。在她离开猴岗去夹坑时，老房东拉着她的手大哭了一场，说你走了这村里的小鬼们怎么办啊？谁愿意到这么高的山头上来教书啊？

　　母亲离开猴岗也是迫不得已，她在这个村子里教了三年书，到第二年的时候就得了关节炎，膝盖痛得打不得弯。住在猴岗的人大多患有风湿性疾病，并且不管大人小孩都是罗圈腿。这和猴岗的高山气候有关，村庄长年笼在云雾中，空气湿度大，很少见到太阳。

　　这样的地方其实是不适合人长期居住的，但是对茶树来说这里

※ 猴村囊地

就是风水宝地了。也正是因为舍不得这么好的茶，人们才把家安在这里，世世代代守在这原本只有猿猴生活的高山之上吧。

春生在猴岗待了两年也得了关节炎，不过他这两年可没白待，不仅学到了制作猴魁的技艺，还把猴岗最漂亮的姑娘娶回了家。姑娘过门不久便从娘家带了一批茶树苗过来，春生说这茶树苗叫"柿大茶"，抗寒性好，是制作太平猴魁的最佳品种。

从采摘上猴魁就比奎尖讲究得多，要赶大清早上山，在浓雾散去之前采摘。若是碰到雨天就不能采了，雨天的茶叶过湿，不能炒制，搁着又会发酵变色。大日头下的茶叶也不能采，茶叶经日头一晒就失去了水灵气，没精打采，制出的干茶也会逊色很多。

茶叶采回来后要"拣尖"，这是个精挑细选的过程，去掉瘦弱的、弯曲的、色淡和有虫眼的，只留下叶片肥厚、有光泽且绒毛细密的。经过"拣尖"后的猴魁鲜叶一律是两叶抱一芽的形状，枝条也像尺子量过般一样长。

接下来便是炒制了，先杀青，再捻揉，最后烘干。猴魁和奎尖的制作工艺最大的区别在捻揉这个环节。猴魁的捻揉里还有一道理茶的工序，就是把杀青之后的茶叶一根根整理成形，摆放在浸过冷水的布网上，放进特制的压茶机里，用滚筒来回滚动，碾压。

仅这一道工序的区别，就使猴魁和奎尖有了完全不同的外观。

奎尖茶的枝条是弯曲的，叶子各自婀娜地分开着；而猴魁茶则像经过严格训练守在岗哨的士官，手脚并拢，腰板挺得笔直。

母亲回到招坑教书后，就没再去过猴岗，也没再见过待她如女儿的老房东。不过每年母亲会买一些布料糕点什么的，等春生老婆回娘家时托她带给老房东。老房东也总是要回赠一两斤自家做的猴魁茶。

老房东家的猴魁茶被母亲装在一只四方形的洋铁筒里，放在家里最高的柜橱顶上，偶尔来了客人，母亲才拿一只板凳垫脚，从柜橱顶上取下洋铁筒。

母亲把洋铁筒放在那么高的地方是防止我和哥哥乱动，殊不知这样的防范反倒勾起了我的好奇心。家里没人的时候，我就会想办法取下洋铁筒，掀开盖子看一看。洋铁筒的盖子非常紧，掀开时会发出"砰"的一声巨响，每次我都被这仿佛故意吓唬人的声响弄得又心慌，又兴奋。我总觉得洋铁筒里可能装着别的东西，比如桃酥、顶市酥、麻饼，我甚至已在自己的想象里看见它们，闻到它们特有的酥香。但是洋铁筒并没有给我变出这些来，在我费了好大力气掀开盖子之后，不由分说钻进鼻子里的味道告诉我，这里面确确实实是老房东家给的猴魁茶。

尽管没有想象中的美味，我还是被这股浓郁的茶香摄去了魂魄，为之所迷。很多年以后，我仍然无法找到准确的词语描绘这种香气，它只属于秘密的山林，属于春天有灵性的万物，属于上天赐予人间的神奇、喜悦，与无尽的抚慰。

不记得是哪一年开始，那只放在柜橱顶上的洋铁筒突然就空了。一年、两年、三年……它就那样空在那里，没有装进老房东家的猴魁茶，也没有用来装别的东西。

再后来，我家的三块茶山也转让给亲戚家采摘侍弄了。父母仿佛一夜之间变老，老得我不得不重新适应他们的模样。奇怪的是，当我试图回想他们年轻时的容颜时，却怎么也想不起来，仿佛他们一直就是这个样子，这么老。

※ 村居

·

　　他们曾经爬过家乡最高的山，肩上还负着沉重的担子。如今，他们连自家的楼梯也爬不上去了。

　　去年回家，整理房间时，我又看见那只洋铁筒，盖上落着灰尘，摆放在壁橱上。我拿起它，用手托了托，很轻。我知道它仍然是空的，用抹布擦去灰尘后，出于惯性，还是掀了一下，"砰"的一声，随着盖子的打开，一股熟悉而又久违的味道扑鼻而来。

　　这么多年，空了的洋铁筒仍然还保留着很久以前的茶香，丝毫没有改变，仿佛是故意储存着这味道，等着我回来打开，与过去的岁月重逢。

　　几乎一瞬间，我被这股奇妙的醇厚香气运送回童年，回到背着小茶篓第一次采茶的时候，回到在灯光明亮的茶厂追逐、翻跟斗撒欢的时候——在香气里我又看见当年的父亲和母亲，都还那么年轻，腰板挺直，额头没有白发，也没有斑点和皱纹。